Αντίθετα στο ρεύμα

Νουβέλα Κοινωνικής Μυθοπλασίας, Volume 1

Νανά Εσκίογλου

Published by Νανά Εσκίογλου, 2023.

ΑΝΤΙΘΕΤΑ ΣΤΟ ΡΕΥΜΑ

First edition. August 15, 2023.

ISBN: 979-8223080138

Written by Νανά Εσκίογλου.

Πίνακας Περιεχομένων

Κεφάλαιο Πρώτο: Μια παιδική ηλικία με όνειρα

Σ το γαλήνιο χωριό του Κυπριανού, ένα κορίτσι με το όνομα Πέτρα έφτασε στον κόσμο με μια καρδιά εύθραυστη σαν ένα πέταλο κερασιάς που φιλήθηκε από την πρωινή δροσιά της Άνοιξης. Ο πατέρας της, ο Ανδρέας, ένας φάρος ακλόνητης αγάπης, κράτησε τη μικροσκοπική της μορφή με ένα μείγμα δέους και αποφασιστικότητας. «Είσαι η μικρή μου πολεμίστρια, Πέτρα», ψιθύρισε, με τη φωνή του να κουβαλάει έναν κόσμο γεμάτο ελπίδες και όνειρα.

Το χωριό του Κυπριανού ήταν ένα μέρος όπου οι προκλήσεις ήταν τόσο κοινές όσο τα θρόισμα των φύλλων, και όπου τα όνειρα έμοιαζαν συχνά μακρινά σαν αστέρια στον νυχτερινό ουρανό. Παρά τις πιθανότητες που ήταν όλες σχεδόν εναντίον τους, ο Ανδρέας ήταν αποφασισμένος να προσφέρει στην Πέτρα μια ζωή γεμάτη δυνατότητες. Αψήφησε τους κοινωνικούς κανόνες, μεγαλώνοντας την όχι ως ένα απλό κορίτσι του χωριού, αλλά ως μια απεριόριστη ψυχή με τη δυνατότητα να διαμορφώσει το πεπρωμένο της.

Το σεμνό σπίτι τους ήταν ένα καταφύγιο αγάπης και γέλιου, ένα μέρος όπου η φωνή της Πέτρας αγαπήθηκε.

Οι συζητήσεις κυλούσαν ελεύθερα και η Πέτρα έλουζε την ψυχή της με τις ιστορίες που μοιράστηκε ο πατέρας της, ιστορίες θάρρους και αποφασιστικότητας που άναψαν μια άσβηστη φλόγα μέσα της. «Είσαι πιο δυνατή από όσο νομίζεις, Πέτρα», έλεγε με τα μάτια του να γεμίζουν περηφάνια. «Η καρδιά σου μπορεί να είναι ευαίσθητη, αλλά το πνεύμα σου είναι πιο σκληρό και από διαμάντι».

Οι προκλήσεις στο χωριό του Κυπριανού υπόσκαπταν συνεχώς

τα πρώτα χρόνια της Πέτρας. Η υγεία της ήταν εύθραυστη, αφήνοντάς της συχνά να παρακολουθεί τη ζωή από το περιθώριο. Τα παιδιά του χωριού μαζεύονταν δίπλα στην θάλασσα, το γέλιο τους μια συμφωνία ξέγνοιαστης χαράς. Η Πέτρα τους παρατήρησε με ένα μείγμα λαχτάρας και αποφασιστικότητας, με την καρδιά της να λαχταράει να συμμετάσχει στο κέφι τους.

Μια μέρα, ο πατέρας της τη βρήκε να κάθεται στην όχθη της παραλίας πάνω στα βότσαλα, με τα μάτια της καρφωμένα στα παιδιά να πιτσιλίζουν στο νερό. «Τι σκέφτεσαι, Πέτρα;» ρώτησε με τη φωνή του γεμάτη απαλή περιέργεια.

«Θέλω να είμαι εκεί έξω μαζί τους στην θάλασσα, μπαμπά», απάντησε, με τη φωνή της να ακούγεται σαν ψίθυρος από τον άνεμο. «Θέλω να νιώσω τα κύματα, να είμαι ελεύθερη σαν αυτούς. Να κάνω μακροβούτια και να μαζεύω κοχύλια από το βυθό».

Ο Ανδρέας γονάτισε δίπλα της, με το χέρι του ακουμπισμένο στον ώμο της. «Μπορείς να το κάνεις, Πέτρα», είπε, με τα μάτια του καρφωμένα στα δικά της. "Η καρδιά σου μπορεί να είναι εύθραυστη, αλλά η αποφασιστικότητά σου είναι πιο δυνατή από οποιοδήποτε εμπόδιο. Αν θέλεις να κολυμπήσεις, θα βρούμε έναν τρόπο."

Η Πέτρα κοίταξε ψηλά τον πατέρα της, με τα μάτια της να γυαλίζουν από ένα μείγμα ελπίδας και αβεβαιότητας. «Στα αλήθεια μπαμπά;»

Το χαμόγελο του Ανδρέα ήταν λαμπερό, η περηφάνια του ξεχείλιζε. «Ξέρω ότι μπορείς, Πέτρα», είπε, με τη φωνή του μια μελωδία αυτοπεποίθησης. «Είσαι η μικρή μου πολεμίστρια, θυμάσαι;»

Κι έτσι, ξεκίνησε το ταξίδι της Πέτρας στη θάλασσα, με οδηγό την ακλόνητη πίστη του πατέρα της σε αυτήν. Ενώ κλωτσούσε με τα ποδαράκια της το νερό προσπαθώντας να κρατήσει τη μικρή σανίδα της, η αυτοπεποίθησή της μεγάλωνε, η καρδιά της χτυπούσε με μια νέα αίσθηση απελευθέρωσης. «Το έκανα, μπαμπά!» αναφώνησε μια μέρα, με τα μάτια της να γυαλίζουν από περηφάνια τη στιγμή που έβγαινε από το νερό. Είχε καταφέρει να πιάσει ένα μικρό κοχύλι που είχε νιώσει με το πόδι της μέσα στο νερό.

Το χειροκρότημα του Ανδρέα συνοδεύτηκε από ένα εγκάρδιο γέλιο. «Το ήξερα ότι μπορείς, Πέτρα», είπε, με ένα μείγμα χαράς και θριάμβου στη φωνή του. «Είσαι φυσική κολυμβήτρια».

Ο ουρανός ανάβει με τις φλόγες της δύσης, η Πέτρα και ο πατέρας της κάθονταν στην αμμουδιά της παραλίας, κοιτώντας τις ανταύγειες του ήλιου που δύει να χορεύουν στην επιφάνεια του νερού. «Πες μου μια ιστορία, μπαμπά», έλεγε συχνά η Πέτρα, με τα μάτια της ανυπόμονα για ιστορίες θάρρους και ανθεκτικότητας.

Ο Ανδρέας δεν της χάλαγε χατίρι, μοιράζοντας ιστορίες ηρώων που αντιμετώπισαν τις αντιξοότητες με ακλόνητη αποφασιστικότητα. «Όπως εσύ, Πέτρα», είπε, με το βλέμμα του καρφωμένο πάνω της. «Μπορεί να έχεις εύθραυστη καρδιά, αλλά είναι καρδιά λέαινας».

Τα χρόνια περνούσαν και η σύνδεση της Πέτρας με τη θάλασσα βάθυνε. Κάθε κολύμπι ήταν μια απόδειξη του πνεύματός της, μια υπενθύμιση ότι η πίστη του πατέρα της σε αυτήν ήταν ακλόνητη. «Είσαι κολυμβήτρια τώρα, Πέτρα», της έλεγε με τη φωνή του γεμάτη περηφάνια. «Έχεις αποδείξει ότι με αποφασιστικότητα, όλα είναι δυνατά».

Ωστόσο, ανάμεσα στους θριάμβους της Πέτρας, η εύθραυστη υγεία της παρέμενε σταθερός σύντροφος. Υπήρχαν μέρες που το σώμα της επαναστατούσε ενάντια στο πνεύμα της, αφήνοντάς την να περνάει ημέρες ολόκληρες στην παιδοκαρδιολογική κλινική απογοητευμένη. Ο Ανδρέας θα καθόταν δίπλα της, η παρουσία του ήταν ένα καταπραϋντικό βάλσαμο με τον τρόπο του, ψιθύριζε ιστορίες θάρρους που καθρέφτιζαν τις δικές της. «Θα το αντιμετωπίσουμε μαζί, Πέτρα», τη διαβεβαίωνε. «Έχεις ήδη ξεπεράσει τόσα πολλά».

Παρά τις προκλήσεις, η Πέτρα δεν λύγιζε. Ο καρδιολόγος του χωριού έγινε ένα γνώριμο πρόσωπο, οι επισκέψεις σε αυτόν ένα μείγμα ανησυχίας και ελπίδας. Ο πατέρας της Πέτρας θα στεκόταν στο πλευρό της κατά τη διάρκεια αυτών των επισκέψεων, με τη φωνή του πυλώνα δύναμης καθώς υποστήριζε ότι ήταν όλα για το καλό της. «Είναι μαχήτρια», έλεγε, με τα μάτια του να μην φεύγουν ποτέ από το χλωμό πρόσωπο της κόρης του. «Και εγώ πιστεύω σε αυτήν».

Παρόλο που οι εποχές άλλαζαν, η υγεία της Πέτρας συνέχισε να υφίσταται άμπωτη σαν τις παλίρροιες στην ακροθαλασσιά. Ωστόσο, η αποφασιστικότητά της έκαιγε, μια φλόγα που αρνιόταν να σβήσει. Σε κάθε οπισθοδρόμηση, η ακλόνητη υποστήριξη του πατέρα της την βοηθούσε να ξεπερνά τα πάντα, η παρουσία του πηγή παρηγοριάς και έμπνευσης.

Ένα καλοκαιρινό πρωινό, τη στιγμή που ο ήλιος έδινε μια χρυσή απόχρωση στο νερό, η Πέτρα στάθηκε μπροστά στον πατέρα της, κρατώντας ένα χρυσό μετάλλιο στο χέρι της. «Για σένα, μπαμπά», είπε με τη φωνή της να τρέμει από συγκίνηση. «Για την πίστη σε μένα, που με έκανες να πιστέψω στον εαυτό μου». Το είχε κερδίσει σε σχολικούς αγώνες κολύμβησης.

Δάκρυα κύλησαν στα μάτια του Ανδρέα με το που αγκάλιασε την κόρη του. «Γενναίο μου κορίτσι», ψιθύρισε, με τη φωνή του ένα μείγμα περηφάνιας και ευγνωμοσύνης. «Έχεις κάνει κάθε πρόκληση να αξίζει τον κόπο. Είμαι πολύ περήφανος για εσένα καρδιά μου».

Οι στιγμές τους δίπλα στην όχθη της θάλασσας ήταν χαραγμένες στην καρδιά της Πέτρας, με κάθε συζήτηση να θυμίζει την ακλόνητη υποστήριξη του πατέρα της. Συγχρόνως με τον ήλιο που έδυε τα αστέρια αναδύονταν, ο Ανδρέας κρατούσε την Πέτρα κοντά, με τη φωνή του ένα χαλαρωτικό νανούρισμα που αντηχούσε στα όνειρα της. «Δεν σε καθορίζουν οι περιορισμοί σου, Πέτρα», έλεγε. «Σε καθορίζει η δύναμη του πνεύματός σου».

Ενώ ατένιζαν τον νυχτερινό ουρανό, η Πέτρα ένιωσε μια βαθιά αίσθηση του ανήκειν, μια σύνδεση που ξεπερνούσε τα όρια του χρόνου και του χώρου. Η αγάπη του πατέρα της ήταν αστέρι-οδηγός, που φώτιζε το μονοπάτι της μπροστά και τροφοδοτούσε τα όνειρά της.

Κεφάλαιο δεύτερο: Πλοηγώντας στην θάλασσα της εφηβείας

Μέσα στη ζωντανή καρδιά του Κυπριανού, η Πέτρα ξεκίνησε τα εφηβικά της χρόνια, μια φάση που θα ενσαρκώσει νέες προκλήσεις και θριάμβους. Η πολυσύχναστη ενέργεια του χωριού ζωγράφιζε ένα πολύπλοκο ζωντανό καμβά και η Πέτρα πλοήγησε μέσα σε αυτόν με μια αποφασιστικότητα που αντικατόπτριζε την ανυποχώρητη πίστη του πατέρα της.

Η ευαίσθητη υγεία της Πέτρας παρέμενε σταθερή παρουσία, μια διαρκής υπενθύμιση της δικής της ευθραυστότητας. Ωστόσο, η ανθεκτικότητά της ήταν ακλόνητη, απόδειξη του αδάμαστου πνεύματός της. Ο πατέρας της, Ανδρέας, συνέχιζε να είναι η ακλόνητη άγκυρα της, ενθαρρύνοντας την να αντιμετωπίζει τη κάθε μέρα με περίσσιο θάρρος. «Έχεις κατακτήσει τόσα πολλά, Πέτρα», της θύμιζε, με τη φωνή του ένα χαλαρωτικό νανούρισμα ανάμεσα στους θυελλώδεις ανέμους της ζωής.

Μέσα στο δυναμικό σκηνικό του γυμνασίου του Κυπριανού, το ταξίδι της Πέτρας πήρε μια δραματική και απροσδόκητη τροπή. Κατά τη διάρκεια του χαλαρού περιπάτου της στους πολυσύχναστους διαδρόμους ένα παγερό πρωινό, βρέθηκε πρόσωπο με πρόσωπο με μια ομάδα νταήδων, με τα χλευάσματα τους απότομα και δηλητηριώδη. «Βρε, βρε, κι αν δεν είναι το λεπτεπίλεπτο λουλουδάκι», χλεύασε ένας από αυτούς, και το γέλιο τους αντηχούσε σαν το μακρινό βουητό της βροντής. Η Πέτρα είχε μεγαλώσει σε μια μικροκαμωμένη νεαρή έφηβη και ήταν λίγο πιο κοντούλα από τα άλλα κορίτσια της ηλικίας της.

Η καρδιά της Πέτρας χτυπούσε γρήγορα, τα δάχτυλά της έτρεμαν από ένα μείγμα φόβου και αποφασιστικότητας. Τα αγόρια δέσποζαν σχεδόν διπλάσια σε ύψος μπροστά της. Στάθηκε στη θέση της, αρνούμενη να αφήσει τα λόγια τους να σκιάξουν το πνεύμα της. «Η δύναμη δεν εξαρτάτε μόνο από την εμφάνιση», απάντησε, με τη φωνή της να ηχεί με έναν αποφασιστικό τόνο.

Η ατρόμητη απάντησή της ακινητοποίησε τους νταήδες, ένας στιγμιαίος κυματισμός έκπληξης που έσπασε το καπλαμά της αλαζονείας τους. Το θάρρος της Πέτρας αντηχούσε στον διάδρομο, ένας φάρος αλλαγής που δεν μπορούσε να αγνοηθεί. Χωρίς να το γνωρίζει, ένας από τους καθηγητές της είχε δει τη συνάντηση, και στα μάτια του είχε ζωγραφισμένο ένα μείγμα ανησυχίας και θαυμασμού στην έκφραση του.

Ο κύριος Αποστόλου, ένας συμπονετικός και οξυδερκής παιδαγωγός, πλησίασε την Πέτρα αργότερα εκείνη την ημέρα, με την παρουσία του ένα καταπραϋντικό βάλσαμο για την πληγωμένη ψυχή της. «Άκουσα τι συνέβη, Πέτρα», είπε, με τον τόνο του να γεμίζει ενσυναίσθηση. «Χρειάζεται αξιοσημείωτη δύναμη για να αντισταθείς στα κύματα του εκφοβισμού».

Κάτω από τη σταθερή καθοδήγηση του κ. Αποστόλου, η Πέτρα ξεκίνησε μια αποστολή για να αντιμετωπίσει το διάχυτο ζήτημα του εκφοβισμού μέσα στο γυμνάσιο. Μαζί, ενορχήστρωσαν εργαστήρια με επίκεντρο την ενσυναίσθηση, την ευγένεια και την εποικοδομητική επίλυση συγκρούσεων, δημιουργώντας ένα καταφύγιο όπου οι μαθητές θα μπορούσαν να μοιραστούν τις ιστορίες τους χωρίς φόβο. Η ένθερμη δέσμευση της Πέτρας να κάνει τη διαφορά ήταν μεταδοτική, και σε λίγο, οι μαθητές άρχισαν να τη βλέπουν ως φάρο ελπίδας, ως φάρο που τους καθοδηγούσε στις φουρτουνιασμένες θάλασσες.

Εν τω μεταξύ οι μέρες μετατράπηκαν σε εβδομάδες και οι εβδομάδες σε μήνες, η Πέτρα δημιούργησε μια δεμένη ομάδα φίλων, ένα κολλάζ μοναδικών ατόμων που όλοι είχαν αντιμετωπίσει τις δικές τους προσωπικές φουρτούνες. Ενωμένοι ενάντια στην παλίρροια της αρνητικότητας, σχημάτισαν έναν άρρηκτο δεσμό, ένα σταθερό θεμέλιο υποστήριξης και συναδελφικότητας.

Αλλά η επιρροή της Πέτρας δεν περιοριζόταν στον άμεσο κύκλο της. Οι μαθητές που κάποτε υπέφεραν στη σιωπή βρήκαν τώρα το θάρρος να την πλησιάσουν, αναζητώντας παρηγοριά και καθοδήγηση. Το δωμάτιο της Πέτρας μεταμορφώθηκε σε ένα ιερό, έναν χώρο όπου οι ιστορίες πλέκονταν σε μια ταπετσαρία κοινών εμπειριών και τα βάρη έγιναν πιο ελαφριά μέσα από τη συλλογική κατανόηση. «Μας έδωσες φωνή, Πέτρα, είσαι αληθινή φίλη», ψιθύρισε μια συμμαθήτρια μια μέρα, με τα μάτια της να λάμπουν από ευγνωμοσύνη.

Η επίδραση της Πέτρας ξεπέρασε τους συνομηλίκους της. Το κύμα μεταμόρφωσης που είχε ξεκινήσει έρεε προς τα άλλα σχολεία των διπλανών χωριών, φτάνοντας πέρα από τα άγρυπνα μάτια του κυρίου Αποστόλου. Οι δάσκαλοι συσπειρώθηκαν γύρω της, υποστηρίζοντας τις πρωτοβουλίες της να καλλιεργήσει μια κουλτούρα συμπόνιας και ενότητας. Η δημοτικότητα της Πέτρας αυξήθηκε, όχι ως αποτέλεσμα του φευγαλέου θαυμασμού, αλλά ως απόδειξη της ακλόνητης αφοσίωσής της στο να καταλύει ουσιαστικές αλλαγές.

Στην πορεία όπως ο χρόνος κυλούσε, το γυμνάσιο του Κυπριανού υπέστη μια αξιοσημείωτη μεταμόρφωση. Το κάποτε διάχυτο φάσμα του εκφοβισμού σταδιακά έσβησε, αντικαταστάθηκε από μια ζωντανή ταπετσαρία πλεγμένη με νήματα περιεκτικότητας και αμοιβαίου σεβασμού. Ο πατέρας της Πέτρας, ο Ανδρέας, παρακολουθούσε με μια καρδιά πλημμυρισμένη από περηφάνια κατά τον τρόπο που η κληρονομιά της κόρης του συνέχιζε να ξετυλίγεται, μια απόδειξη για την αξιοσημείωτη νεαρή γυναίκα που είχε γίνει και συνεχίστηκε και όταν η Πέτρα πήγε στο λύκειο.

Τα εφηβικά χρόνια της Πέτρας ήταν ένας καμβάς ζωγραφισμένος με αποχρώσεις ανθεκτικότητας και ανάπτυξης, ένα γλυπτό προκλήσεων που κατακτήθηκαν και γιορτάστηκαν νίκες. Ο ανένδοτος αγώνας της ενάντια στους νταήδες και η ακλόνητη υποστήριξή της στους συνομηλίκους της είχαν χαράξει ένα ανεξίτηλο σημάδι στο χωριό. Η ακροθαλασσιά, που είχε δει σιωπηλά τους πρώτους αγώνες της, αντικατόπτριζε τώρα το ταξίδι της - σταθερά και σκόπιμα, ξεπερνώντας τα εμπόδια σαν τα κύματα που σκάνε στα βότσαλα και αφήνοντας πίσω τους ένα δώρο ελπίδας.

Ωστόσο, όπως σε κάθε θάλασσα υπάρχουν φουρτούνες και υπόγεια ρεύματα κάνοντας την να φαντάζει όμορφη άλλα παράλληλα και επικίνδυνη, έτσι και το μονοπάτι της Πέτρας πήρε μια απρόβλεπτη στροφή. Τα χρόνια της στο Λύκειο έφτασαν και μαζί τους μια νέα ανατροπή της μοίρας εμφανίστηκε, εισάγοντας μια απρόβλεπτη πρόκληση που θα δοκίμαζε τη δύναμη και το σθένος της με τρόπους που ποτέ δεν είχε φανταστεί. Αλλά προς το παρόν, το ταξίδι της συνέχισε να εκτυλίσσεται με το σφρίγος ενός ρεύματος που την τραβούσε όλο και πιο βαθιά προς έναν ατελείωτο ορίζοντα ωκεανού.

Κεφάλαιο τρίτο: Μια κληρονομιά ονείρων

Κατά τον καιρό που τα χρόνια του Λυκείου της Πέτρας ξετυλίγονταν με το πέρασμα του χρόνου, η δαντέλα της μοίρας της ζωής της έγινε ακόμα πιο περίπλοκα υφασμένη. Οι απόηχοι των θριάμβων της και η απήχηση των μαχών της έμειναν να αιωρούνται στον αέρα, θέτοντας τις βάσεις για μια αξιοσημείωτη μεταμόρφωση που θα άφηνε ανεξίτηλο το σημάδι στον Κυπριανό και όχι μόνο.

Η εύθραυστη υγεία της Πέτρας παρέμεινε ένας σταθερός σύντροφος, μια απαλή υπενθύμιση της δικής της ευαλωτότητας. Ωστόσο, το πνεύμα της φλεγόταν από μια ακλόνητη αποφασιστικότητα που αψηφούσε τους περιορισμούς της φυσικής της κατάστασης. Ο πατέρας της, ο Ανδρέας, συνέχισε να είναι ο ακλόνητος πυλώνας στήριξής της, καλλιεργώντας το περίσσιο θάρρος της με την ολοκληρωτική αγάπη του. «Είσαι ένας φάρος δύναμης, Πέτρα», βεβαίωνε, τα λόγια του μια παρηγορητική αγκαλιά.

Στην καρδιά του Λυκείου του Κυπριανού, το ταξίδι της Πέτρας πήρε άλλη μια απροσδόκητη τροπή. Η αποφασιστικότητά της να καταπολεμήσει τον εκφοβισμό δεν είχε εξασθενίσει, αλλά τώρα, μια νέα αποστολή ανακατεύτηκε μέσα της - μια αποστολή να οικοδομήσει μια κληρονομιά ονείρων, κάτι που θα αντηχούσε πολύ πέρα από τα όρια του μικρού χωριού της.

Μέσα στα δικά της όνειρα για τις σπουδές της, το πάθος της Πέτρας για ισότητα και δικαιοσύνη έκαιγε έντονα. Πίστευε ένθερμα στη φιλοσοφία του πατέρα της να την μεγαλώσει όχι ως κορίτσι, αλλά ως άνθρωπο. Αυτή η πεποίθηση ήταν η βάση της, και συγχρόνως με το ότι ήθελε να εμβαθύνει στις σφαίρες των ανθρωπίνων δικαιωμάτων, η πεποίθησή της για την ισότητα των φύλων άνθισε.

Ένα απόγευμα, ενώ συζητούσε τα όνειρά της με τη γιαγιά της, μια μικρή φλόγα έμπνευσης άναψε τρεμοπαίζοντας μέσα στην Πέτρα. «Τι θα γινόταν γιαγιά αν», σκέφτηκε, με τα μάτια της να λάμπουν με νέο σκοπό, «θα μπορούσα να δημιουργήσω έναν κόσμο όπου κάθε κοριτσάκι, κάθε παιδί, θα μπορούσε να ονειρεύεται χωρίς φόβο;»

Τα μάτια της γιαγιάς της άστραψαν από περηφάνια, η φωνή της αντηχούσε από σοφία. "Πέτρα, αγάπη μου, τα όνειρα έχουν τη δύναμη να μεταμορφώνουν ζωές. Αλλά χρειάζεται μια καρδιά τόσο ανθεκτική όσο η δική σου για να κάνεις τα όνειρα πραγματικότητα."

Με τα λόγια της γιαγιάς της να αντηχούν στην καρδιά της, η Πέτρα ξεκίνησε ένα ταξίδι που θα διαμόρφωνε το πεπρωμένο της. Ήξερε ότι για να έχει μόνιμο αντίκτυπο, έπρεπε να δημιουργήσει συστημική αλλαγή. Οπλισμένη με μια αποφασιστικότητα που είχε αντέξει στις δοκιμασίες του χρόνου, η Πέτρα έτρεψε το βλέμμα της στον νέο στόχο της, να γίνει μια δύναμη για το καλό, ένας φάρος ελπίδας για όσους είχαν από καιρό σωπάσει.

Στην αναζήτηση της γνώσης, η Πέτρα διέπρεψε στις σπουδές της, και η δίψα της για κατανόηση την ωθούσε προς ένα μέλλον που δύσκολα μπορούσε να φανταστεί. Οι υποτροφίες και οι διακρίσεις έγιναν το σκαλοπάτι που θα την οδηγούσαν στο πανεπιστήμιο, όπου θα εμβαθύνει στη σφαίρα των κοινωνικών και πολιτικών επιστημών με ζέση.

Ενώ βρισκόταν στο κατώφλι της ενηλικίωσης, η ζωή της Πέτρας πήρε μια νέα τροπή – αυτή που δεν θα διαμόρφωνε μόνο το μέλλον της, αλλά το μέλλον αμέτρητων άλλων. Γνώρισε την αγάπη της ζωής της, μία αδελφή ψυχή που μοιράστηκε το πάθος της για δικαιοσύνη και ισότητα. Ο έρωτάς τους ήταν μια ταπετσαρία πλεγμένη με νήματα κοινών ονείρων και αλληλοσεβασμού, μια συνεργασία που τελικά θα οδηγούσε στη δημιουργία μιας οικογένειας μερικά χρόνια αργότερα.

Το ταξίδι της Πέτρας στη μητρότητα έφερε νέες διαστάσεις στην αποστολή της. Μεγαλώνοντας τα παιδιά της, τους ενστάλαξε τις αξίες της ενσυναίσθησης, της συμπόνιας και την ακλόνητη πεποίθηση ότι κάθε άτομο είχε τη δύναμη να κάνει τη διαφορά. Μολονότι έβλεπε τα παιδιά της να μεγαλώνουν, θαύμαζε παράλληλα τον πλούτο που δημιουργούσε—ένα πλούτο που είχε τις ρίζες του στα όνειρα που είχε γαλουχήσει από την παιδική της ηλικία.

Ωστόσο, η πορεία της Πέτρας δεν ήταν χωρίς προκλήσεις. Το φάντασμα της απουσίας του πατέρα της και του χαμού της γιαγιάς της βάραινε πολύ την καρδιά της. Είχαν φύγει ξαφνικά από τη ζωή πριν δουν την πλήρη έκταση των επιτευγμάτων της, αλλά η Πέτρα επέλεξε να πιστέψει ότι είχαν γίνει οι φύλακες άγγελοι της, καθοδηγώντας την από τα πέρατα βασίλεια του παραδείσου.

Κάθε μέρα που περνούσε, η αποφασιστικότητα της Πέτρας δυνάμωνε. Οι φιλοδοξίες της είχαν εξελιχθεί από την καταπολέμηση του εκφοβισμού σε μια αποστολή παγκόσμιας σημασίας - μια αποστολή να δημιουργήσει έναν κόσμο όπου κάθε παιδί, ανεξάρτητα από το φύλο ή το υπόβαθρό του, θα μπορούσε να ονειρεύεται χωρίς φόβο.

Και έτσι, τα φοιτητικά χρόνια της Πέτρας ήταν ένα χωνευτήριο μεταμόρφωσης, ένα κουκούλι από το οποίο αναδύθηκε μια αξιοσημείωτη πεταλούδα - μια γυναίκα που θα συνέχιζε να κλονίζει τα θεμέλια της ανισότητας, μια γυναίκα που τα όνειρά της είχαν τη δύναμη να αλλάξουν τα πεπρωμένα ανθρώπων και να εμπνεύσουν τις επόμενες γενιές .

Κατά τη διάρκεια που ο ποταμός του χρόνου κυλούσε προς τα εμπρός, το ταξίδι της Πέτρας συνεχίστηκε με ακλόνητη αποφασιστικότητα. Το σκηνικό είχε στηθεί για να πατήσει στη μεγαλύτερη εξέδρα του κόσμου, όπου θα υπερασπιζόταν την υπόθεση της ισότητας, της δικαιοσύνης και των ανθρωπίνων δικαιωμάτων με ανυποχώρητη ζέση. Η κληρονομιά που είχε οραματιστεί, η κληρονομιά στην οποία πίστευαν ο πατέρας και η γιαγιά της, ήταν έτοιμη να γίνει πραγματικότητα – κάτι που θα άφηνε ανεξίτηλο σημάδι στην ιστορία και θα διαμόρφωνε το πεπρωμένο αμέτρητων ζωών.

Κεφάλαιο Τέταρτο: Όραμα Αλλαγής

Το ταξίδι της Πέτρας μπήκε σε ένα νέο κεφάλαιο, ένα κεφάλαιο που θα ενίσχυε τα όνειρά της σε μια συμφωνία μεταμόρφωσης που θα αντηχεί σε όλο τον κόσμο. Οι απόηχοι των προηγούμενων αγώνων της και οι θρίαμβοι που ακολούθησαν χόρεψαν μέσα της, τροφοδοτώντας μια αποφασιστικότητα που έκαιγε πιο φωτεινή από ποτέ. Η αταλάντευτη καθοδήγηση του πατέρα της συνέχισε να φωτίζει το μονοπάτι της, η σοφία του μια πυξίδα που την καθοδηγούσε προς τον σκοπό της.

Στις αγιασμένες αίθουσες της τριτοβάθμιας εκπαίδευσης, η ζέση της Πέτρας για δικαιοσύνη και ανθρώπινα δικαιώματα βρήκε μια αρένα για να ανθίσει. Η πανεπιστημιούπολη ήταν ένα γόνιμο έδαφος, κάθε διάλεξη, κάθε συζήτηση μια πινελιά που έδινε βάθος στο όραμά της. Οι γνώσεις που απέκτησε έγιναν το οπλοστάσιο με το οποίο σχεδίαζε να κάνει έναν πόλεμο ενάντια στην αδικία. Με κάθε ακαδημαϊκό βιβλίο που καταβρόχθιζε, κάθε παθιασμένη συνομιλία που έκανε, η αποφασιστικότητά της βάθυνε, χαράσσοντας την αποστολή της στην ίδια την ίνα της ύπαρξής της.

Στα αξιοσέβαστα τείχη του ακαδημαϊκού χώρου, το πάθος της Πέτρας πυροδότησε συζητήσεις που αντηχούσαν πολύ πέρα από τις αίθουσες διαλέξεων. Οι σελίδες των ακαδημαϊκών της βιβλίων έγιναν ο καμβάς της, πάνω στον οποίο ζωγράφισε τις ζωηρές πινελιές των πεποιθήσεών της. Οι νυχτερινές συζητήσεις και οι παθιασμένοι διάλογοι τροφοδότησαν την πείνα της για γνώση, ωθώντας την προς μια οικεία κατανόηση των περιπλοκών των κοινωνικών επιστημών.

Ανάμεσα στη θάλασσα των φοιτητών, η Πέτρα σχημάτισε συμμαχίες με συναδέλφους υποστηρικτές, συγγενικά πνεύματα που μοιράζονταν τον ζήλο της. Οι μεταμεσονύχτιες συζητήσεις τους έγιναν το χωνευτήριο όπου τα όνειρα εξελίχθηκαν σε στρατηγικές, όπου οι ιδέες γαλουχήθηκαν σε σχέδια δράσης. Μαζί, σχημάτισαν έναν άρρηκτο δεσμό, μια ομάδα δημιουργών αλλαγών έτοιμοι να αμφισβητήσουν το status quo.

Ένα γαλήνιο βράδυ, η Πέτρα διασταυρώθηκε με έναν χαρισματικό πολιτικό, απόφοιτο του ίδιου του ιδρύματος που είχε γαλουχήσει τη διάνοια της. «Ο δρόμος προς την αλλαγή είναι γεμάτος προκλήσεις, αγαπητή μου», της εκμυστηρεύτηκε, και τα λόγια του σφυρηλατημένα μέσα στη φωτιά της εμπειρίας. «Αλλά να θυμάσαι, αυτές οι προκλήσεις αποκαλύπτουν τις πραγματικές δυνατότητες μας», «Η αλλαγή δεν είναι ένα μακρινό όνειρο», μοιράστηκε, με τα μάτια του να αντανακλούν τις φλόγες της πεποίθησης. «Είναι ένα ταξίδι που ξεκινάμε, βήμα προς βήμα».

Εμπνευσμένη από τα λόγια του, η Πέτρα εμβάθυνε στη σφαίρα της σχέσης των ανθρώπων με την οργανωμένη πολιτεία. Ανακάλυψε ότι η πολιτική δεν ήταν απλώς ένας κόσμος κοστουμιών και ομιλιών – ήταν ένα στάδιο όπου η φωνή της μπορούσε να αντηχεί, αναφλέγοντας σπίθες μεταμόρφωσης. Με μια καρδιά φλεγόμενη από σκοπό, ξεκίνησε ένα μονοπάτι που θα την έβλεπε να αναδεικνύεται από μια αποφασισμένη επιστήμονα σε ένα φάρο ελπίδας.

Η ευγλωττία της Πέτρας έγινε το μεγαλύτερο ατού της. Οι ομιλίες της δεν ήταν απλώς λόγια, ήταν μια συμφωνία που αντηχούσε στις καρδιές των ακροατών της. Προς το σκοπό που στεκόταν μπροστά στο κοινό, τα λόγια της χτύπησαν χορδές ενσυναίσθησης και ξεσήκωσαν τα αδρανοποιημένα πάθη. Το μήνυμά της ήταν σαφές: ο αγώνας για ισότητα, δικαιοσύνη και ανθρώπινα δικαιώματα δεν ήταν μια αφηρημένη έννοια, αλλά μια ζωντανή ενσάρκωση των αξιών που καθόριζαν τις κοινωνίες.

Στους διαδρόμους της εξουσίας, η Πέτρα ήταν μια υπολογίσιμη

δύναμη. Η ακλόνητη συνηγορία της για τις περιθωριοποιημένες κοινότητες, η ακλόνητη στάση της ενάντια στη βία και η αμείλικτη δέσμευσή της στην ανθρώπινη αξιοπρέπεια της κέρδισαν όχι μόνο σεβασμό αλλά και τρομερή φήμη. Έγινε κινητήριος δύναμη πίσω από τις αλλαγές πολιτικής, καταλύτης για συζητήσεις που είχαν παραμεριστεί εδώ και καιρό.

Ωστόσο, το ταξίδι της Πέτρας ήταν γεμάτο δοκιμασίες. Το βάρος της αποστολής της, το τεράστιο όραμά της, συχνά απειλούσε να την καταβροχθίσει. Στιγμές αμφιβολίας και εξάντλησης ήταν οι μόνιμοι σύντροφοί της, σκιές που κατά καιρούς έκρυβαν το δρόμο της. Σε μια ιδιαίτερα δύσκολη στιγμή, μια ανάμνηση από τα καταπραϋντικά λόγια του πατέρα της επανήλθε, ένας φάρος παρηγοριάς σε μια καταιγίδα αβεβαιότητας. «Έχεις τη δύναμη των προγόνων σου, Πέτρα», τη διαβεβαίωσε, με τη φωνή του ένα καταπραϋντικό βάλσαμο για την ψυχή της.

Οι ομιλίες της Πέτρας έγιναν το ξεκάθαρο κάλεσμα της σταυροφορίας της. Κάθε λέξη που έλεγε αντηχούσε στις καρδιές του κοινού της, ανάβοντας φλόγες έμπνευσης και ξυπνώντας αδρανείς φιλοδοξίες. Το μήνυμά της ήταν σαφές: ο αγώνας για την ισότητα, τη δικαιοσύνη και τα ανθρώπινα δικαιώματα δεν ήταν ένα απλό ιδανικό – ήταν ένα κάλεσμα στα όπλα, μια πρόσκληση για όλους να συμμετάσχουν μαζί της στον ευγενή αγώνα.

Μέσα στους διαδρόμους της εξουσίας, η παρουσία της Πέτρας ήταν μαγνητική. Η ακλόνητη συνηγορία της για τις περιθωριοποιημένες κοινότητες, η ένθερμη στάση της κατά της βίας και η ακλόνητη δέσμευσή της στην ανθρώπινη αξιοπρέπεια της κέρδισαν τον σεβασμό και τον θαυμασμό των συναδέλφων και των πολιτών. Δεν ήταν απλώς μια πολιτική επιστήμονας, ήταν ένας προάγγελος της αλλαγής, ένας φάρος ελπίδας σε έναν κόσμο που λαχταρούσε για μεταμόρφωση.

Οι προσπάθειες της Πέτρας επεκτάθηκαν πέρα από την πολιτική σφαίρα. Η συνηγορία της γέννησε μια ΜΚΟ αφιερωμένη στην ενδυνάμωση των επιζώντων της ενδοοικογενειακής κακοποίησης, ένα καταφύγιο όπου θα μπορούσαν να ανοικοδομηθούν κατεστραμμένες ζωές. Μέσω συμβουλών, ομάδων υποστήριξης και εκπαιδευτικών πρωτοβουλιών, παρείχε τα εργαλεία στους επιζώντες για να ανακτήσουν την αυτονομία τους. Το έργο της ήταν μια ενορχηστρωμένη επούλωση πληγωμένων ψυχών, κάθε ζωή που άλλαζε μια απόδειξη της δύναμης της και της αταλάντευτης αφοσίωσης στο όραμα της.

Καθώς οι χρόνοι παρήγεσαν, η αξία της Πέτρας ανέδειξε νέες πτυχές, χαράσσοντας τον εαυτό της στον ίδιο τον ιστό της κοινωνίας του Κυπριανού και όχι μόνο. Το τοπίο που βοήθησε να διαμορφωθεί ήταν μια απόδειξη των άοκνων προσπαθειών ενός ατόμου που είχε τολμήσει να ονειρευτεί και στη συνέχεια τόλμησε να κάνει αυτά τα όνειρα πραγματικότητα.

Κοιτάζοντας πίσω στο ταξίδι της, θαύμασε το ελικοειδή μονοπάτι που είχε πάρει. Το εύθραυστο κορίτσι που είχε γεννηθεί με μια εύθραυστη καρδιά είχε εξελιχθεί σε φάρο ελπίδας, έναν οραματιστή ηγέτη του οποίου η επιρροή δεν γνώριζε όρια. Ο πατέρας και η γιαγιά της, αν και σωματικά απόντες, είχαν γίνει τα αστέρια της, φωτίζοντας την πορεία της σε κάθε πρόκληση και θρίαμβο.

Η ιστορία της Πέτρας ήταν μια απόδειξη της δύναμης του ανθρώπινου πνεύματος, της μεταμορφωτικής δύναμης των ονείρων και της διαρκούς επίδρασης της ακλόνητης αποφασιστικότητας ενός και μόνο ατόμου. Το ταξίδι της δεν είχε τελειώσει, γιατί ο κόσμος ήταν ακόμα πεινασμένος για αλλαγές και η Πέτρα ήταν αποφασισμένη να είναι η καταλύτρια. Το ποτάμι του χρόνου κυλούσε προς τα εμπρός, κουβαλώντας μαζί του την κληρονομιά

ΑΝΤΙΘΕΤΑ ΣΤΟ ΡΕΥΜΑ

μιας γυναίκας που είχε μετατρέψει τα όνειρά της σε πραγματικότητα που θα διαμόρφωνε την πορεία της ιστορίας και θα εμπνεύσει τις επόμενες γενιές.

Κεφάλαιο πέμπτο: Αγκαλιάζοντας την Άβυσσο

Η οδύσσεια της Πέτρας τη βύθισε παράλληλα και σε μια δίνη αδυσώπητων δοκιμασιών, ένα κεφάλαιο του ταξιδιού της που εκτυλίχθηκε σε αποχρώσεις σκότους και απόγνωσης. Οι θριαμβευτικοί απόηχοι των προηγούμενων νικών της σίγησαν από τον βροντερό βρυχηθμό της αγωνίας και τα φαντάσματα των προηγούμενων αγώνων της έμοιαζαν σαν δυσοίωνα σύννεφα, απειλώντας να κατακλύσουν την ίδια της την ουσία.

Στον λαβύρινθο της ύπαρξης, η Πέτρα αντιμετώπισε μια σκοτεινή και βάναυση αλήθεια - μια αλήθεια που συνέτριψε το εύθραυστο κουκούλι της ανθεκτικότητας της, αφήνοντάς την ευάλωτη και παρασυρόμενη. Μια βίαιη επίθεση εναντίων της από έναν άγνωστο, μια κακόβουλη πράξη που αψηφούσε την κατανόηση και τη συμπόνια, την παγίδευσε σε ένα μέγγελο τρόμου. Τα όνειρα που είχε κυνηγήσει με ακλόνητη αποφασιστικότητα ήταν τώρα θρυμματισμένα, σκορπισμένα σαν στάχτες σε έναν ανελέητο άνεμο φόβου και αμφιβολίας για τον εαυτό της.

Το τραύμα της επίθεσης αντηχούσε μέσα από τις σκέψεις της Πέτρας σαν μια ανελέητη καταιγίδα, με κάθε ανάμνηση να διαπερνά μια σκληρή υπενθύμιση της ευαλωτότητας της. Οι φιλοδοξίες που κάποτε τροφοδοτούσαν το αδάμαστο πνεύμα της έμοιαζαν τώρα σαν μακρινοί απόηχοι, με τη λάμψη τους να την έχει καταπιεί η άβυσσος της απελπισίας που είχε ριζώσει μέσα της. Ήταν σαν να είχε σχιστεί ο ίδιος ο ιστός της ταυτότητάς της, αφήνοντάς την αιωρούμενη σε ένα κενό αγωνίας.

Στον απόηχο της επίθεσης, τα παραπαίοντα βήματα της Πέτρας την οδήγησαν σε ένα τρεμόπαιγμα σωτηρίας—μια συνεδρία ομαδικής θεραπείας μέσα στην κατακερματισμένη κοινότητά της. Ανάμεσα σε έναν κύκλο συνεπιζώντων, αναζήτησε καταφύγιο στις ανατριχιαστικές ιστορίες αγωνίας και ανθεκτικότητας που μοιράζονταν στον στενό τους κύκλο. Κάθε φωνή ήταν μια στοιχειωμένη ηχώ οδύνης, μια απόδειξη της αδάμαστης δύναμης του ανθρώπινου πνεύματος. Επί της αφορμής που η Πέτρα άκουγε, ένιωσε μια άρρητη μορφή δεσμού, μια αίσθηση αλληλεγγύης που ξεπερνούσε τις λέξεις.

Κατά τη διάρκεια μιας ιδιαίτερα οδυνηρής συνεδρίας, μια επιζών αφηγήθηκε το δικό της ταξίδι θεραπείας, με τη φωνή της να τρέμει από το βάρος του μαρτυρίου της. «Φοράμε τα σημάδια του παρελθόντος μας, χαραγμένα στις ψυχές μας από τα χέρια εκείνων που προσπάθησαν να μας σπάσουν», ψιθύρισε, με τα λόγια της μια εύθραυστη αντανάκλαση του συντετριμμένου πνεύματός της. «Αλλά δεν είμαστε σπασμένοι. Είμαστε επιζώντες, πολεμιστές που αρνούνται να υποκύψουν στο σκοτάδι που επιδιώκει να μας φάει».

Ο δρόμος της Πέτρας προς την ανάκαμψη στρίβει μέσα από τον λαβύρινθο της ψυχοθεραπείας, μια οδυνηρή κατάβαση στα βάθη της δικής της απόγνωσης. Καθοδηγούμενη από το σταθερό χέρι ενός ειδικευμένου ψυχοθεραπευτή, μπήκε στις πιο σκοτεινές γωνιές του μυαλού της, αντιμετωπίζοντας τα στριμμένα θραύσματα του τραύματος της. Τα φαντάσματα των προηγούμενων βασανιστηρίων της αναδύθηκαν σαν ψευδαίσθηση, απειλώντας να καταναλώσουν τη λογική της.

Στις στιγμές της πιο σκοτεινής πτυχής της συνείδησης της θνητότητας της, η Πέτρα προσκολλήθηκε στη μνήμη της ακλόνητης πίστης του πατέρα της σε αυτήν. Τα λόγια του έγιναν ένα εύθραυστο σωσίβιο, ένας ψίθυρος στην κακοφωνία του μυαλού της που την εμπόδισε να παραδοθεί στην άβυσσο. «Είσαι μια επιζήσασα, Πέτρα», μουρμούρισε στον εαυτό της τις στιγμές της αμφιβολίας της, με τη φωνή της μια εύθραυστη ασπίδα απέναντι στο σκοτάδι που την είχε κατακλύσει.

Οι συνεδρίες ομαδικής θεραπείας και η εξαντλητική ψυχοθεραπεία έγιναν το πεδίο μάχης της Πέτρας, όπου αντιμετώπισε τους δαίμονες της με ωμή απόγνωση. Οι συνεπιζώντες της, που ο καθένας κουβαλούσε τα σημάδια των δικών του μαχών, έγιναν καθρέφτες που αντανακλούν τον δικό της συντετριμμένο εαυτό. Οι ιστορίες τους ήταν μια ανατριχιαστική απόδειξη της εκτεταμένης επίδρασης του πόνου, μια έντονη υπενθύμιση του κοινού βάρους της αγωνίας τους.

Παρόλο που οι ώρες έφευγαν μαζί με την αξία τους, το σπασμένο πνεύμα της Πέτρας άρχισε να επιδιορθώνεται, αν και με οδοντωτές άκρες. Η ανθεκτικότητά της ήταν ένα κερί που τρεμόπαιζε στη μέση μιας καταιγιστικής καταιγίδας, με το κυματιστό φως του να σπρώχνει προς τα πίσω τις καταπατητικές σκιές. Διεξήγαγε έναν αδυσώπητο πόλεμο ενάντια στο μυαλό της, στοιχειωμένη από τα απάνθρωπα φαντάσματα του τραύματος της, αλλά οδηγούμενη από μια επίμονη αποφασιστικότητα να βγει νικήτρια.

Με το πέρασμα του χρόνου, η Πέτρα βγήκε από την άβυσσο του μαρτυρίου της μεταμορφωμένη, με το πνεύμα της να είναι σημαδεμένο για πάντα από τις ουλές της δοκιμασίας της. Το ταξίδι της δεν ήταν πια ένα γραμμικό μονοπάτι αλλά μια ταραχώδης συμφωνία οδύνης και επιβίωσης. Ωστόσο, μέσα από τον στριμμένο λαβύρινθο της ψυχοθεραπείας της, ανακάλυψε μια βαθιά κριμένη αλήθεια του εγώ της: η δύναμή της δεν γεννήθηκε από το αήττητο πνεύμα της, αλλά από την ικανότητά της να περιηγείται στις πιο σκοτεινές εσοχές της ψυχής της.

Στον απόηχο της δοκιμασίας της, η Πέτρα ανακάλυψε μια αχτίδα ελπίδας - ένα κομμάτι του αρχικού της εαυτού που είχε κρυφτεί από το σάβανο του τραύματος της. Μέσα από την οδυνηρή διαδικασία της ομαδικής θεραπείας και τη διαπεραστική ενδοσκόπηση της ψυχοθεραπείας, ξεκίνησε μια οδύσσεια αυτο-ανακάλυψης. Κάθε βήμα ήταν μια μάχη ενάντια στο σκοτάδι που καταναλώνει, ένας αγώνας να συνδυάσει τα θραύσματα της σπασμένης ταυτότητάς της.

Με τον καιρό, η Πέτρα έμαθε ότι οι πληγές της μπορεί να μην επουλωθούν ποτέ πλήρως, αλλά τώρα είχε μάθει να ζει με αυτές. Είχαν γίνει μέρος της, απόδειξη της ανθεκτικότητας και της δύναμής της. Ήταν σαν τις ούλες που έχει ένας στρατιώτης που γυρίζει από το μέτωπο έχοντας βιώσει τη φρίκη του πολέμου από κοντά. Είχε αποδεχτεί τα σημάδια της ως μέρος του σπασμένου συνόλου της, ένα ψηφιδωτό εμπειριών που την είχαν διαμορφώσει στο πρόσωπο που γινόταν.

Στις αλληλεπιδράσεις της με άλλους επιζώντες, η Πέτρα βρήκε παρηγοριά σε κοινές εμπειρίες. Μέσα από δακρυσμένες εξομολογήσεις, ψιθυριστούς φόβους και διστακτικά γέλια, συνειδητοποίησε ότι το ταξίδι της δεν ήταν μοναχικό. Τα λόγια των άλλων αντηχούσαν σαν απόηχοι του δικού της πόνου και τα μονοπάτια τους προς τη θεραπεία έγιναν τα αστέρια της.

Εν εξής η Πέτρα έβγαινε από την άβυσσο, βήμα βήμα σαν να αναδύετε η ψυχή της από τον κάτω κόσμο, άρχισε να νιώθει μια λάμψη δύναμης να επιστρέφει στο κάποτε συντετριμμένο πνεύμα της. Οι εφιάλτες του παρελθόντος τη στοίχειωναν ακόμα, αλλά τώρα κουβαλούσε μια νέα ανθεκτικότητα, μια φωτιά που έκαιγε μέσα της. Ήξερε ότι η πορεία προς τη θεραπεία δεν ήταν γραμμική. Ήταν μια σειρά από σκαμπανεβάσματα, το καθένα μια νίκη από μόνο του.

Η ανάρρωση της Πέτρας δεν ήταν χωρίς αναποδιές, αλλά τις αντιμετώπισε κατά μέτωπο, οπλισμένη με τη γνώση ότι δεν ήταν μόνη. Η υποστήριξη των επιζώντων συμμαχητριών της και η καθοδήγηση του θεραπευτή της ήταν σανίδες σωτηρίας που την κράτησαν όρθια στην ταραγμένη θάλασσα των συναισθημάτων της. Μέσα από δάκρυα και θριάμβους, συγκέντρωσε τα θραύσματα του θρυμματισμένου εαυτού της, ανακαλύπτοντας ότι η θεραπεία ήταν ένα ταξίδι αυτοσυμπόνιας και ακλόνητης αποφασιστικότητας.

Στις πιο σκοτεινές της στιγμές, όταν το βάρος του παρελθόντος της απειλούσε να την κυριεύσει, η Πέτρα έμεινε κολλημένη στη μνήμη του πατέρα και της γιαγιάς της. Οι φωνές τους έγιναν χορωδία ενθάρρυνσης, που την προέτρεπαν να προχωρήσει, υπενθυμίζοντάς της ότι ήταν πιο δυνατή από τα σημάδια που έφερε. Η κληρονομιά τους ήταν ένας φάρος ελπίδας που την καθοδήγησε στις πιο σκοτεινές νύχτες.

Όπως ο χρόνος αγκαλιάζει αργά, οι πληγές της Πέτρας άρχισαν να επουλώνονται, αφήνοντας πίσω ουλές που έλεγαν την ιστορία της ανθεκτικότητας της. Αναδύθηκε από την άβυσσο με έναν νέο στόχο, αποφασισμένη να χρησιμοποιήσει τις εμπειρίες της για να κάνει τη διαφορά στις ζωές των άλλων. Μέσω της συνηγορίας της, ήλπιζε να ρίξει φως στα δεινά των επιζώντων και να σπάσει τον κύκλο της σιωπής και της ντροπής που συχνά περιέβαλλε το τραύμα.

Κοιτάζοντας πίσω στο ταξίδι της, η Πέτρα συνειδητοποίησε ότι η πορεία της προς τη θεραπεία ήταν μια απόδειξη της δύναμης του ανθρώπινου πνεύματος. Είχε αντιμετωπίσει τις πιο σκοτεινές γωνιές της ψυχής της και είχε βγει πιο δυνατή στην άλλη πλευρά. Το ταξίδι της ήταν μια υπενθύμιση ότι ακόμα και μπροστά στον ανείπωτο πόνο, υπήρχε μια αχτίδα ελπίδας, μια ευκαιρία για θεραπεία και μεταμόρφωση.

Κεφάλαιο έκτο: Αποκάλυψη

Όσο που η Πέτρα πλοηγούσε στα ταραχώδη νερά της ανάρρωσης της, μια νέα αυγή άρχισε να ανατέλλει ρίχνοντας φως στο ταξίδι της. Ήταν ένα κεφάλαιο αποκάλυψης και νέων ανακαλύψεων, όπου οι σκιές του παρελθόντος της εξαφανίστηκαν σιγά σιγά από το ακτινοβόλο φως του αδάμαστου πνεύματός της.

Το ταξίδι της Πέτρας μέσω της θεραπείας είχε αποκαλύψει μια νέα ανθεκτικότητα μέσα της, μια δύναμη που ποτέ δεν είχε συνειδητοποιήσει ότι διέθετε. Οι ουλές του παρελθόντος της, ορατές και αόρατες, είχαν γίνει απόδειξη του ακλόνητου θάρρους της. Ενώ οι πληγές της μπορεί να μην επουλωθούν ποτέ πλήρως, είχαν γίνει σύμβολα του θριάμβου της επί των αντιξοοτήτων, κονκάρδες τιμής που φορούσε με περηφάνια.

Με την υποστήριξη του θεραπευτή της και τη συντροφικότητα άλλων επιζώντων, η Πέτρα έμαθε να περιηγείται στο ύπουλο τοπίο των συναισθημάτων της. Βρήκε παρηγοριά στις κοινές ιστορίες των συντρόφων της, αναγνωρίζοντας ότι οι αγώνες της δεν ήταν μεμονωμένοι αλλά μέρος του μεγαλύτερου διάκοσμου της ανθρώπινης εμπειρίας. Οι ψιθυριστές συζητήσεις στην ασφάλεια της αίθουσας όπου γινόταν η θεραπεία έγιναν σανίδα σωτηρίας, αγκυροβολώντας την στην πεποίθηση ότι δεν ήταν μόνη στο ταξίδι της.

Μέσα από τις συνεδρίες ομαδικής θεραπείας, η Πέτρα σφυρηλάτησε συνδέσεις που ξεπερνούσαν τα όρια των λέξεων. Τα δάκρυα που χύθηκαν και η κοινή ευπάθεια είχαν πλέξει νήματα κατανόησης και ενσυναίσθησης μεταξύ των επιζώντων. Στα μάτια των συντρόφων της, είδε μια αντανάκλαση της δικής της δύναμης, έναν καθρέφτη που αντανακλούσε την ανθεκτικότητα που την είχε μεταφέρει στις πιο σκοτεινές εποχές.

«Πίστευα ότι είχα σπάσει ανεπανόρθωτα», ομολόγησε η Πέτρα ένα βράδυ, με τη φωνή της να τρέμει από ένα μείγμα πόνου και αποφασιστικότητας. «Όμως, όντας εδώ, ακούγοντας τις ιστορίες σας, συνειδητοποίησα ότι τα σημάδια μου είναι απόδειξη της επιβίωσής μου. Δεν είναι σημάδια αδυναμίας, αλλά της ικανότητάς μου να αντέχω».

Τα λόγια της αντηχούσαν μέσα στον κύκλο, πυροδοτώντας μια χορωδία από νεύματα και βλέμματα κατανόησης. Κάθε επιζών έφερε τα δικά του σημάδια, τόσο ορατά όσο και αόρατα, και η αποκάλυψη της Πέτρας είχε βαθιά απήχηση. Ήταν μια κομβική στιγμή κοινής αποδοχής, ένα βήμα προς την αγκαλιά των σπασμένων κομματιών που τα έκαναν ολόκληρα.

Έξω από την αίθουσα θεραπείας, το ταξίδι της Πέτρας προς την αγάπη και την αποδοχή του εαυτού της συνεχίστηκε. Ξαναεπισκέφτηκε τα κομμάτια του θρυμματισμένου παρελθόντος της, αντιμέτωπη με τις αναμνήσεις που είχαν στοιχειώσει τα όνειρά της. Ήταν μια επίπονη διαδικασία, που απαιτούσε ακλόνητο θάρρος και δέσμευση για να αντιμετωπίσει κατά μέτωπο τους εσωτερικούς της δαίμονες.

Στην ησυχία των σκέψεών της, η Πέτρα ξεκίνησε έναν διάλογο με τον νεότερο εαυτό της — ένα πληγωμένο κορίτσι που είχε υπομείνει αφάνταστο πόνο. «Δεν με καθορίζουν τα σημάδια μου», ψιθύρισε, με τη φωνή της να κουβαλάει το βάρος μιας υπόσχεσης. «Με καθορίζουν η δύναμή μου, η ανθεκτικότητά μου και το ακλόνητο πνεύμα μου. Είμαι άξια αγάπης και αποδοχής, από τον εαυτό μου και από τους άλλους. Δεν είμαι μόνη και δεν είμαι η μόνη».

Με την πάροδο του χρόνου, ο εσωτερικός διάλογος της Πέτρας μεταμορφώθηκε σε μια συμφωνία αυτοσυμπόνιας. Έμαθε να συγχωρεί τον εαυτό της για τις στιγμές αδυναμίας και ευαλωτότητας, κατανοώντας ότι δεν ήταν σημάδια αποτυχίας αλλά της ανθρωπιάς της. Τα σημάδια που σημάδεψαν το δέρμα της έγιναν ένας καμβάς ανάπτυξης και μεταμόρφωσης, μια απόδειξη της ικανότητάς της να υψώνεται πάνω από το σκοτάδι.

Το ταξίδι προς την αγάπη του εαυτού της δεν ήταν χωρίς αναποδιές. Υπήρχαν στιγμές που η αμφιβολία και η αυτοκριτική επανήλθαν στην επιφάνεια, απειλώντας να βυθίσουν ξανά την Πέτρα στην άβυσσο της απόγνωσης. Αλλά κάθε φορά, συγκέντρωνε τη δύναμη που είχε καλλιεργήσει, φιμώνοντας τους εσωτερικούς δαίμονες με μια ηχηρή δήλωση αυτοεκτίμησης.

Η σχέση της με το σώμα της άλλαξε βαθιά, από μια αγανάκτηση σε μια σχέση ευλάβειας. Άρχισε να βλέπει τα σημάδια της όχι ως ελαττώματα που έπρεπε να κρυφτούν, αλλά ως σημάδια ανθεκτικότητας και επιβίωσης. Ο καθρέφτης έγινε αντανάκλαση της δύναμής της, υπενθύμιση των μαχών που είχε δώσει και των νικών που είχε κερδίσει.

«Κοίτα εαυτέ μου», μουρμούρισε η Πέτρα, με τη φωνή της εμποτισμένη με μια νέα αίσθηση υπερηφάνειας. «Κάθε ουλή λέει μια ιστορία επιβίωσης, ένα κεφάλαιο θάρρους και ανυπακοής. Είσαι πολεμιστής και το σώμα σου είναι απόδειξη του ταξιδιού σου.» είπε κοιτάζοντας στον καθρέφτη. Ήταν οι στιγμές όπου ήξερε ότι έπρεπε να τα λέει δυνατά για να τα ακούει και η ίδια.

Η μεταμόρφωση επεκτάθηκε πέρα από τη σχέση της με τον εαυτό της. Οι αλληλεπιδράσεις της Πέτρας με τον έξω κόσμο εξελίχθηκαν, ώσπου έμαθε να θέτει όρια και να δίνει προτεραιότητα στην ευημερία της. Περικυκλώθηκε από άτομα που την ανέβασαν και τη στήριξαν, ρίχνοντας στο περιθώριο τοξικές σχέσεις που απειλούσαν να αμβλύνουν το νέο της φως.

Στο έργο της για την υπεράσπιση θυμάτων, το ταξίδι της

Πέτρας και αγάπη για τον εαυτό της έγινε φάρος ελπίδας για τους άλλους. Η ιστορία της αντήχησε στους επιζώντες που είχαν ξεκινήσει το δικό τους μονοπάτι θεραπείας, προσφέροντας μια λάμψη έμπνευσης στις στιγμές του σκότους τους. Μέσα από δημόσιες ομιλίες και γραπτές αφηγήσεις για το ταξίδι της, η Πέτρα ενθάρρυνε τους άλλους να αγκαλιάσουν τα σημάδια τους και να γιορτάσουν την ανθεκτικότητά τους.

«Δεν σε καθορίζει το παρελθόν σου», δήλωνε η Πέτρα με τη φωνή της ακλόνητη. «Τα σημάδια σας είναι απόδειξη της δύναμής σας και το ταξίδι σας είναι απόδειξη του θάρρους σας. Αγκαλιάστε κάθε κομμάτι του εαυτού σας με αγάπη γιατί είστε άξιοι αγάπης και αποδοχής».

Η οδύσσεια της Πέτρας για εκ νέου ανακάλυψη ήταν μια απόδειξη της δύναμης της ανθεκτικότητας και της αυτοσυμπόνιας. Είχε βγει από την άβυσσο του τραύματος της με μια βαθιά κατανόηση της δικής της δύναμης. Ενώ οι πληγές της μπορεί να μην επουλωθούν ποτέ πλήρως, είχε μάθει να ζει μαζί τους, να τις αποδέχεται ως μέρος του περίπλοκου και όμορφα ελαττωματικού συνόλου της.

Στις ήσυχες στιγμές του προβληματισμού, η Πέτρα κοίταζε τα σημάδια της και χαμογελούσε, μια γλυκόπικρη υπενθύμιση των μαχών που είχε δώσει και του ανθρώπου που είχε γίνει. «Μπορεί να έχω σημάδια», ψιθύρισε στον εαυτό της, «αλλά είμαι επίσης πιο δυνατή, πιο ανθεκτική και πιο συμπονετική από όσο πίστευα ποτέ ότι είναι δυνατό».

Κεφάλαιο έβδομο: Λεπτές ισορροπίες

Το ταξίδι της Πέτρας για την ανακάλυψη του εαυτού της και την ανθεκτικότητα είχε εκτεταμένες επιπτώσεις, κυματίζοντας την λάβαρο της ζωής της με απροσδόκητο και βαθύ τρόπο. Σαν τα κεφάλαια της ιστορίας της ξετυλίγονταν, είχε ξεκινήσει παράλληλα και το κεφάλαιο της μητρότητας, της κληρονομιάς και της λεπτής ισορροπίας μεταξύ δύναμης και ευγένειας.

Στην αγκαλιά της μητρότητας, η Πέτρα βρέθηκε να πλέει στα αχαρτογράφητα νερά, αντλώντας από το βαθύ πηγάδι της αγάπης και της αποφασιστικότητας που την είχαν οδηγήσει στις δικές της δοκιμασίες. Έδωσε πραγματική μάχη με την υγεία της για τη γέννηση των δίδυμων κοριτσιών της που γεννήθηκαν πρόωρα, ήταν και η στιγμή που φούντωσε ένα άγριο προστατευτικό ένστικτο μέσα της, μια επιθυμία να τις θωρακίσει από το σκοτάδι που κάποτε είχε τυλίξει τη δική της ζωή.

Μόλις η Πέτρα ακούμπησε για πρώτη φορά τις κόρες της στην αγκαλιά της, μια πλημμύρα συναισθημάτων ξεχύθηκε μέσα της. Το βάρος του παρελθόντος της, τα σημάδια που είχε κουβαλήσει και τα μαθήματα που είχε πάρει αποστάχθηκαν σε μια μοναδική, πολύτιμη στιγμή. «Είστε η δύναμή μου», ψιθύρισε στις κόρες της, με τη φωνή της να χρωματίζεται τόσο από ευαλωτότητα όσο και από αποφασιστικότητα. «Θα σας προστατέψω, θα σας καθοδηγήσω και θα σας διδάξω να είστε πολεμιστές σε έναν κόσμο που συχνά μας προκαλεί».

Μέσα από τον φακό της μητρότητας, η Πέτρα προσπάθησε να ενσωματώσει τις ιδιότητες που είχαν διαμορφώσει τη δική της ανατροφή. Το ευγενικό πνεύμα του πατέρα της και η αδάμαστη θέληση της γιαγιάς της έγιναν οι κατευθυντήριες δυνάμεις στις αλληλεπιδράσεις της με τις κόρες της. Φιλοδοξούσε να είναι μια παρουσία που συνδύαζε τη δύναμη και τη συμπόνια, έναν φάρο ακλόνητης υποστήριξης όσο που να έκαναν και εκείνες τα δικά τους βήματα στην ζωή.

Τις ήρεμες στιγμές του ταΐσματος νωρίς το πρωί και τα τρυφερά νανουρίσματα, η Πέτρα μοιραζόταν ιστορίες του παρελθόντος της με τις κόρες της. «Η ζωή είναι ένα κέντημα πλεγμένο με νήματα χαράς και λύπης», μουρμούριζε, με τη φωνή της να είναι μια χαλαρωτική μελωδία. «Και στις πιο σκοτεινές μας στιγμές βρίσκουμε συχνά την αληθινή μας δύναμη».

Όμοια οι κόρες της μεγάλωναν, ο ρόλος της Πέτρας ως μητέρα επεκτάθηκε πέρα από τα όρια του σπιτιού. Έγινε ένας πυλώνας υποστήριξης στις φιλοδοξίες και τις προκλήσεις τους, μια πηγή καθοδήγησης καθώς τολμούσαν στον κόσμο. Το ταξίδι της θεραπείας της την είχε εξοπλίσει με μια μοναδική προοπτική – μια που ήταν αποφασισμένη να μεταδώσει στις κόρες της.

Κατά τη διάρκεια μιας ειλικρινούς συνομιλίας, οι κόρες της την κοίταξαν με γουρλωμένα, περίεργα μάτια και τη ρώτησαν: «Μαμά, πώς έγινες τόσο δυνατή;»

Τα χείλη της Πέτρας λύγισαν σε ένα τρυφερό χαμόγελο ενώ σκεφτόταν την απάντησή της. «Η δύναμη δεν είναι κάτι με το οποίο γεννιέσαι», εξήγησε. "Είναι κάτι που καλλιεργείς μέσα από τις δοκιμασίες και τις δοκιμασίες της ζωής. Είναι στο να αντιμετωπίζεις τις αντιξοότητες κατά μέτωπο, να αγκαλιάζεις τα τρωτά σου σημεία και να μαθαίνεις να αγαπάς τον εαυτό σου παρά τα σημάδια σου."

Οι κόρες της έγνεψαν καταφατικά, απορροφώντας τα λόγια της σαν σφουγγάρια ανυπόμονα να απορροφήσουν τη γνώση. «Μα γίνεται να είσαι και ευγενικός, όπως ο παππούς;» ρώτησε η μία τούς. Το χαμόγελο της Πέτρας βάθυνε, μια αντανάκλαση της βαθιάς επιρροής που είχε ο πατέρας της πάνω της. «Η ευγένεια είναι ένα δώρο που κάνεις στον εαυτό σου και στους άλλους», απάντησε εκείνη. «Είναι στο να προσφέρεις καλοσύνη και κατανόηση, να ακούς χωρίς κρίση και να ενστερνίζεσαι την ενσυναίσθηση ως κατευθυντήρια αρχή».

Όταν οι κόρες της ξεκίνησαν τη δική τους πορεία στην ζωή, η Πέτρα βρέθηκε να ισορροπεί σε έναν διπλό ρόλο του να είναι ένας φάρος δύναμης και μια πηγή ευγενικής καθοδήγησης ταυτόχρονα. Άκουσε τους θριάμβους και τις θλίψεις τους, προσφέροντάς τους ακλόνητη υποστήριξη ενώ τους ενθάρρυνε να βρουν τους δικούς τους δρόμους. Μέσα από τις κοινές τους συνομιλίες, οι κόρες της Πέτρας αποκόμισαν πολύτιμα μαθήματα ανθεκτικότητας, συμπόνιας και τη σημασία του να αγκαλιάζει κανείς τα σημάδια του.

Το ταξίδι της Πέτρας την οδήγησε επίσης σε μια κομβική στιγμή προβληματισμού, μια ήμερα επισκεπτόμενη τους τάφους του πατέρα και της γιαγιά της, καθώς στεκόταν μπροστά στις ταφόπλακες τους, το βάρος της απουσίας τους έπεσε πάνω της. «Μακάρι να μπορούσατε να με δείτε τώρα», ψιθύρισε με τη φωνή της να χρωματίζεται με ένα γλυκόπικρο μείγμα λαχτάρας και ευγνωμοσύνης.

Στη σιωπή του νεκροταφείου, η Πέτρα ένιωσε μια παρουσία — έναν ψίθυρο του παρελθόντος που την τύλιξε σαν μια παρηγορητική αγκαλιά. Ήταν σαν να ήταν μαζί της ο πατέρας και η γιαγιά της, τα πνεύματα τους ήταν συνυφασμένα με το δικό της. «Μπορεί να μην κατάφερα να σας δείξω την αλλαγή που έφερα στον κόσμο», σκέφτηκε, με δάκρυα να γυαλίζουν στα μάτια της «Αλλά ελπίζω να μπορείτε να το δείτε από όπου κι αν βρίσκεστε. Είστε οι φύλακες άγγελοι μου, με καθοδηγείτε και με προστατεύετε καθώς προσπαθώ να είμαι φύλακας άγγελος για τους άλλους».

Στον ρυθμό που ο χρόνος αργοπερνούσε, με προσμονή γεμάτος

σαν να αποκρυπτογραφούσε ένα μυστικό που μόνο εκείνη γνώριζε. Σε κάθε βήμα, διακρίνονταν υποσχέσεις για ατελείωτες ιστορίες που περίμεναν να αποκαλυφθούν. Το έργο της υπεράσπισης των ανθρωπίνων δικαιωμάτων θυμάτων κέρδισε δυναμική, αγγίζοντας τις ζωές των επιζώντων και εμπνέοντας αλλαγές σε ευρύτερη κλίμακα. Ωστόσο, σε μια στροφή της μοίρας που φαινόταν σαν ένα σκληρό αστείο, η τραγωδία χτύπησε για άλλη μια φορά.

Ο σύζυγος της Πέτρας, πυλώνας στήριξης και δύναμης στη ζωή της, χάθηκε σαν μια ροπή του ανέμου σε ένα θανατηφόρο τροχαίο. Η απώλεια την τρόμαξε, η καρδιά της έσπασε για άλλη μια φορά. Τώρα ήταν αντιμέτωπη με τον σκληρό κόσμο μόνη. Έπρεπε να μεγαλώσει τις κόρες της αποστερημένη. Η ζωή της φάνηκε ξανά σαν να κολυμπάει αντίθετα στο ρεύμα.

Το βάρος των ευθυνών της έπεφτε στους ώμους της και μερικές φορές ένιωθε σαν να αναδύθηκε ξανά το σκοτάδι του παρελθόντος της. Οι αδυσώπητες απαιτήσεις της ζωής, το κενό της απώλειας και οι προκλήσεις της μονογονεϊκότητας απειλούσαν να επισκιάσουν την ανθεκτικότητά της.

Αλλά η εγκατάλειψη δεν ήταν ποτέ επιλογή για την Πέτρα. Η δύναμη και η αγάπη που είχε κληρονομήσει από τον πατέρα και τη γιαγιά της τροφοδότησαν την αποφασιστικότητά της. Διοχέτευσε τη θλίψη της στο έργο της υπεράσπισης των ανθρωπίνων δικαιωμάτων θυμάτων, χρησιμοποιώντας τον πόνο της ως καταλύτη για την αλλαγή. Η Πέτρα ήξερε ότι ο κόσμος που προσπαθούσε να δημιουργήσει—έναν κόσμο απαλλαγμένο από βία και γεμάτο συμπόνια—ήταν ένας κόσμος που άξιζαν να κληρονομήσουν οι κόρες της.

Στο χάος των ατελείωτων αγόνων της καθημερινότητας, η Πέτρα παρέμεινε δυναμική παρουσία για τις κόρες της. Έγινε μια μητέρα τύπου «Μαμά Αρκούδα» — σκληρά προστατευτική και *αταλάντευτα αφοσιωμένη.* Στο σπίτι, οι κόρες της είδαν από πρώτο χέρι την ανθεκτικότητα που καθόριζε τη μητέρα τους, ένα πρότυπο που αντιμετώπιζε τις προκλήσεις της ζωής με αδιάκοπη δύναμη.

Από ψιθυριστές συζητήσεις στον στενό φιλικό τους κύκλο, οι κόρες της αποκόμισαν περαιτέρω πληροφορίες για το ταξίδι της μητέρας τους στη ζωή. Έμαθαν για τις μάχες της, τους θριάμβους της και την ακλόνητη πίστη της στη δύναμη της ανθεκτικότητας. Οι ιστορίες που μοιραζόντουσαν γύρω από το τραπέζι του δείπνου και οι αλληλεπιδράσεις αργά το βράδυ έγιναν μια απόδειξη του αδάμαστου πνεύματος που καθόριζε τον χαρακτήρα της Πέτρας.

Ευθύς οι κόρες της άνθησαν σε νεαρές γυναίκες, και ο ρόλος της Πέτρας ως μητέρα πήρε νέες διαστάσεις. Τα μαθήματα που έδωσε για τη δύναμη και την ευγένεια, την ανθεκτικότητα και τη συμπόνια, διαμόρφωσαν τη δική τους άποψη για τη ζωή. Αν και μπορεί να μην συμμετείχαν άμεσα στο έργο της υπεράσπισης κατά της βίας, έφεραν την κληρονομιά της στις καρδιές τους, εμπνευσμένες από τη γυναίκα που είχε ξεπεράσει τις καταιγίδες και αναδύθηκε πιο δυνατή από ποτέ.

Το μονοπάτι της μητρότητας και το έργο της ήταν μια απόδειξη της διαρκούς δύναμης της Πέτρας, μια ενσάρκωση όσων είχε κληρονομήσει και γαλουχηθεί μέσα από τις εμπειρίες της ζωής της. Η πορεία της είχε σημαδευτεί από σκοτάδι και θρίαμβο, πόνο και ανθεκτικότητα, αλλά μέσα από όλα αυτά, είχε αναδειχθεί ως φάρος ελπίδας για τις κόρες της και για όλους εκείνους των οποίων τη ζωή άγγιξε.

Κεφάλαιο όγδοο: Ενώνοντας όνειρα, χτίζοντας ελπίδες

Στην άμπωτη και τη ροή του ταξιδιού της Πέτρας, μια ήρεμη δύναμη θα έπλεκε ξανά τα νήματα της μοίρας φέρνοντας στο προσκήνιο μια απρόσμενη συμμαχία που θα επαναπροσδιορίσει την πορεία της ζωής της για άλλη μια φορά. Ήταν μια συνάντηση δύο ψυχών από πολύ διαφορετικά υπόβαθρα, αλλά περιτυλιγμένες ασφυκτικά από ένα κοινό όνειρο - ένα όνειρο να δημιουργήσουν έναν κόσμο χωρίς βία.

Το έργο υπεράσπισης της Πέτρας την είχε οδηγήσει σε διάφορες γωνιές της κοινωνίας, συνδέοντάς τη με άτομα που ήταν εξίσου παθιασμένα με την αλλαγή. Σε μια τέτοια συνάντηση γνώρισε τη Θώμη, μια γυναίκα που προέρχεται από εξέχον και προνομιούχο υπόβαθρο. Η ζωή της Θώμης ήταν μια ζωή με προνόμια, με πόρους στη διάθεσή της και υποστήριξης σε κάθε της βήμα.

Ωστόσο, παρά τη διαφορετική καταγωγή τους, η Πέτρα και η Θώμη ανακάλυψαν μια βαθιά και ηχηρή σχέση - μια κοινή φωτιά που έκαιγε μέσα τους. Η πρώτη τους συνομιλία ήταν μια συμφωνία ιδεών και φιλοδοξιών, μια ανταλλαγή που άφησε ανεξίτηλο σημάδι στις καρδιές και των δύο.

«Ξέρεις», άρχισε η Θώμη, με τη φωνή της χρωματισμένη από αποφασιστικότητα, «μπορεί να προέρχομαι από έναν κόσμο προνομίων, αλλά αυτό δεν σημαίνει ότι είμαι τυφλή στις αδικίες που υπάρχουν. Θέλω να χρησιμοποιήσω τη θέση μου για να κάνω τη διαφορά, για να είμαι η φωνή για όσους δεν ακούγονται».

Τα μάτια της Πέτρας άστραψαν με ένα μείγμα ιντρίγκας και θαυμασμού. «Πάντα πίστευα ότι η αλλαγή μπορεί να προέλθει από τις πιο απίθανες συμμαχίες», απάντησε. «Πρόκειται για την εύρεση κοινού εδάφους, ενός κοινού σκοπού που υπερβαίνει τις διαφορές μας».

Εν καιρώ που η φιλία τους άνθιζε, η Πέτρα και η Θώμη άρχισαν να συνειδητοποιούν τις τεράστιες δυνατότητες της συνεργασίας τους. Αναγνώρισαν ότι το ξεχωριστό τους υπόβαθρο έφερε ένα μοναδικό μείγμα προοπτικών, ενισχύοντας τον αντίκτυπο της κοινής τους αποστολής. Μαζί, οραματίστηκαν έναν οργανισμό που θα λειτουργούσε ως φάρος ελπίδας - ένα καταφύγιο για τους επιζώντες σε όλη τη χώρα, ένας καταλύτης για την αλλαγή και μια πλατφόρμα για την ευαισθητοποίηση σχετικά με τον επείγοντα χαρακτήρα του τερματισμού της βίας.

Με ακλόνητη αποφασιστικότητα, η Πέτρα και η Θώμη έδωσαν τα χέρια σε μια συμφωνία συνεργασίας και η Θώμη επένδυσε στην ΜΚΟ της Πέτρας, ενωμένες δημιουργώντας μια συνεργασία που ήταν τόσο ισχυρή όσο και απροσδόκητη. Τώρα πολλά από τα εμπόδια είχαν σχεδόν γκρεμιστεί βοηθώντας με πρακτικές λύσεις πολλά περισσότερα θύματα από πριν.

Το ταξίδι τους δεν ήταν χωρίς προκλήσεις. Οι αγώνες της Πέτρας ως μητέρα που μεγαλώνει μόνη τα παιδιά της και επιζών αντιπαρατέθηκαν με τα προνόμια της Θώμης, δημιουργώντας μια δυναμική που απαιτούσε προσεκτική πλοήγηση. Ωστόσο, η φιλία τους ευδοκιμούσε σε ένα θεμέλιο σεβασμού και στην κοινή κατανόηση των ρόλων τους στον αγώνα κατά της βίας.

Η Πέτρα έβρισκε συχνά τον εαυτό της να σκέφτεται τον απίθανο δεσμό που είχε δημιουργηθεί ανάμεσα σε εκείνη και τη Θώμη. «Μπορεί να προερχόμαστε από διαφορετικούς κόσμους», εκμυστηρεύτηκε στην ομάδα υποστήριξής της, «αλλά οι καρδιές μας χτυπούν στον ίδιο ρυθμό. Μαζί, υφαίνουμε ένα κεντητό αλλαγής—ένα έργο τέχνης που είναι ραμμένο με νήματα ανθεκτικότητας, συμπόνιας και ενότητας».

ΑΝΤΙΘΕΤΑ ΣΤΟ ΡΕΥΜΑ

Το κοινό τους όνειρο τροφοδότησε την αποφασιστικότητά τους, ωθώντας τους σε ύψη που κανείς δεν μπορούσε να φανταστεί. Το έργο υπεράσπισης της Πέτρας κέρδισε δυναμική με την υποστήριξη της Θώμης, φτάνοντας σε γωνιές της κοινωνίας που προηγουμένως φαινόταν απρόσιτες. Οι δυνατές ομιλίες και οι προσωπικές αφηγήσεις της Πέτρας συμπληρώθηκαν από τη στρατηγική επιρροή της Θώμης, με αποτέλεσμα μια τρομερή δύναμη για αλλαγή.

Μέσα από συλλογικές προσπάθειες, η ΜΚΟ άρχισε να κάνει πάταγο σε εθνική κλίμακα. Η δυναμική συνεργασία της Πέτρας και της Θώμης ήταν η ενσάρκωση της πεποίθησής τους ότι η πραγματική πρόοδος μπορούσε να επιτευχθεί μόνο μέσω ενότητας, ενσυναίσθησης και συλλογικής δράσης. Ξεκίνησαν εργαστήρια, εκστρατείες ευαισθητοποίησης και προγράμματα ενημέρωσης της κοινότητας, αγγίζοντας ζωές και πυροδοτώντας συζητήσεις για την πρόληψη της βίας.

Ένα βράδυ, καθώς η Πέτρα και η Θώμη στέκονταν δίπλα δίπλα στην σκηνή ενός μεγάλου αμφιθεάτρου απευθυνόμενες σε ένα μαγεμένο κοινό, τα λόγια τους έπλεξαν μια συναρπαστική αφήγηση ελπίδας και ενδυνάμωσης. «Οι ζωές μας μπορεί να είναι διαφορετικές», δήλωσε η Πέτρα, με τη φωνή της δυνατή και ακλόνητη, «αλλά η δέσμευσή μας για έναν κόσμο χωρίς βία μας ενώνει. Μαζί, μπορούμε να σπάσουμε τη σιωπή, να αμφισβητήσουμε το status quo και να δημιουργήσουμε μια προσφορά συμπόνιας.»

Το πλήθος ξέσπασε σε χειροκροτήματα, απόδειξη της απήχησης του μηνύματός τους. Μόλις κατέβηκαν από τη σκηνή, η Θώμη γύρισε στην Πέτρα με μια λάμψη στα μάτια. «Δημιουργούμε ένα κύμα αλλαγής», παρατήρησε, με τον τόνο της γεμάτο πεποίθηση. «Ένα κύμα που θα αγγίξει ζωές, θα εμπνεύσει αλλαγές και θα διαμορφώσει το μέλλον για τις επόμενες γενιές».

Η καρδιά της Πέτρας φούσκωσε από ευγνωμοσύνη για την απρόσμενη φιλία που είχε αλλάξει το ταξίδι της. Μέσω της αταλάντευτης υποστήριξης και του κοινού οράματος της Θώμης, η Πέτρα είχε συνειδητοποιήσει την πραγματική δύναμη της συνεργασίας. Η συνεργασία τους ήταν μια ζωντανή απόδειξη της ιδέας ότι η ενότητα θα μπορούσε να γεφυρώσει ακόμη και τα ευρύτερα χάσματα της διαφοράς.

Στην καρδιά των κεντρικών γραφείων της ΜΚΟ τους, μια φωτογραφία απαθανάτισε την κοινή αποφασιστικότητα της Πέτρας και της Θώμης - σύμβολο του άρρηκτου δεσμού τους. Ήταν μια απτή υπενθύμιση ότι, παρά το διαφορετικό υπόβαθρό τους, ήταν αδελφές ψυχές, ενωμένες από ένα ένθερμο όνειρο που είχε ξεπεράσει κάθε εμπόδιο.

Με ενορχηστρωμένο τρόπο το ταξίδι της Πέτρας συνεχιζόταν, και οι σελίδες της ιστορίας της μπλέκονταν με τις σελίδες της Θώμης, μια απόδειξη της δύναμης του κοινού τους σκοπού. Μαζί, έθρεψαν μια παράδοση ενδυνάμωσης, ανθεκτικότητας και ελπίδας, αφήνοντας ένα ανεξίτηλο σημάδι στον κόσμο – ένα που θα ενέπνεε αμέτρητους άλλους να συμμετάσχουν στον αγώνα για ένα μέλλον χωρίς βία.

Κεφάλαιο ένατο: Δεύτε λάβετε φώς

Στον απόηχο της συνεργασίας της Πέτρας και της Θώμης, μια βαθιά μεταμόρφωση άρχισε να σαρώνει το τοπίο της εργασίας τους για την υπεράσπιση των ανθρωπίνων δικαιωμάτων. Η ΜΚΟ τους έγινε καταφύγιο για επιζώντες, πλατφόρμα αλλαγής και φάρος ελπίδας που ακτινοβολούσε το φως της παντού. Μαζί, πλοήγησαν σε αχαρτογράφητα νερά, ωθώντας τα όρια και προκαλώντας τους κανόνες στην προσπάθειά τους να δημιουργήσουν έναν κόσμο χωρίς βία.

Η δέσμευση της Πέτρας στον σκοπό της ήταν πάντα ακλόνητη, αλλά με τη Θώμη στο πλευρό της, το όραμά της επεκτάθηκε εκθετικά. Οι δύο γυναίκες ήταν μια υπολογίσιμη δύναμη—συμπληρώνοντας η μία τις δυνάμεις της άλλης, πλοηγώντας τα εμπόδια και οδηγώντας το πλοίο της αλλαγής με ακλόνητη αποφασιστικότητα.

Η υπερασπιστική τους γραμμή επεκτάθηκε πέρα από τα παραδοσιακά μέσα, ξεπερνώντας τα όρια όσων ίσχυαν μέχρι τότε, ανοίγοντας νέους δρόμους. Μέσα από καινοτόμα προγράμματα, εργαστήρια και πρωτοβουλίες, σφυρηλάτησαν συνδέσεις μέσα στις κοινότητες, εμπνέοντας άτομα από όλα τα κοινωνικά στρώματα να αντισταθούν στη βία.

Μια από τις πιο σημαντικές προσπάθειες τους ήταν ένα πρόγραμμα καθοδήγησης που σχεδιάστηκε για να ενδυναμώσει τις νεαρές γυναίκες που είχαν αντιμετωπίσει αντιξοότητες. Η Πέτρα και η Θώμη πίστευαν ότι καλλιεργώντας την επόμενη γενιά ηγετών, θα μπορούσαν να δημιουργήσουν ένα νέο κύμα αποτελεσματικής αλλαγής που θα αντηχούσε για τα επόμενα χρόνια.

Σε μια πολύβουη αίθουσα γεμάτη με πρόθυμα πρόσωπα, η

Πέτρα απευθύνθηκε σε μια ομάδα νεαρών γυναικών που είχαν συγκεντρωθεί για μια συνεδρία καθοδήγησης. Η φωνή της, μια ταπετσαρία πλεγμένη με σοφία και ενσυναίσθηση, αντηχούσε σε κάθε άτομο που ήταν παρόν. «Δεν σε καθορίζει το παρελθόν σου», είπε, με τα μάτια της να συναντούν τα δικά τους με ακλόνητη ένταση. «Είστε οι συγγραφείς των δικών σας ιστοριών και μαζί, ξαναγράφουμε την αφήγηση της δύναμης, της ανθεκτικότητας και του θριάμβου».

Το πρόγραμμα καθοδήγησης άκμαζε, ενώ παράλληλα ο δεσμός της Πέτρας με της εκπαιδευόμενες της βάθυνε. Μέσα από ανοιχτές συνομιλίες, κοινές εμπειρίες και οδυνηρές στιγμές ευπάθειας, έγινε πηγή καθοδήγησης και έμπνευσης. Τα λόγια της σήκωσαν το βάρος του δικού της ταξιδιού, προσφέροντας παρηγοριά σε όσους είχαν περπατήσει σε ένα παρόμοιο μονοπάτι.

Το μονοπάτι δεν ήταν χωρίς προκλήσεις. Ο αγώνας κατά της βίας αντιμετωπίστηκε με αντίσταση από εκείνους που φοβούνταν την αλλαγή ή προσπαθούσαν να διατηρήσουν το status quo. Η Πέτρα και η Θώμη αντιμετώπισαν η κάθε μια το μερίδιο των επικριτών τους—άτομα που αμφισβήτησαν τα κίνητρά τους, υποτίμησαν τις προσπάθειες τους και ακόμη και προσπάθησαν να φιμώσουν τη φωνή τους.

Σε έναν κόσμο όπου το σκοτάδι εξακολουθούσε να φαίνεται, η αποφασιστικότητα της Πέτρας δοκιμάστηκε. Το βάρος της μάχης υπήρχαν φορές που την σύνθλιβε και υπήρξαν στιγμές που αναπηδούσε μέσα της η αμφιβολία. «Είναι μάταιος ο αγώνας μας;» εκμυστηρεύτηκε στη Θώμη ένα βράδυ, με τη φωνή της να χρωματίζεται από κούραση. «Κάνουμε τη διαφορά ή είμαστε φωνή βοώντος εν τη ερήμω;»

Το βλέμμα της Θώμης είχε ακλόνητη αποφασιστικότητα απαντώντας: «Κάθε φωνή, κάθε δράση, έχει τη δύναμη να δημιουργήσει έναν κυματισμό. Μπορεί να πάρει χρόνο, αλλά η αλλαγή συμβαίνει, ακόμα κι αν δεν μπορούμε να τη βλέπουμε πάντα. Θυμήσου γιατί ξεκινήσαμε αυτό το ταξίδι — για να φέρει ελπίδα, θεραπεία και μεταμόρφωση σε όσους το χρειάζονται περισσότερο».

Εν μέσω των προκλήσεων, η Πέτρα βρήκε παρηγοριά στην ακλόνητη υποστήριξη των κορών της. Ενώ ήταν ακόμη πολύ νεαρές για να κατανοήσουν πλήρως τη βαρύτητα της αποστολής της μητέρας τους, είδαν από πρώτο χέρι την αποφασιστικότητα και την ανθεκτικότητά της. Το ταξίδι της Πέτρας ήταν μια απόδειξη της δύναμης που βρισκόταν μέσα σε όλους - μια δύναμη που μεταδόθηκε από γενιά σε γενιά, από την ακλόνητη υποστήριξη του πατέρα της μέχρι τη δική της σκληρή αποφασιστικότητα.

Οι μοίρες έπλεκαν το αδράχτι τους, το έργο της Πέτρας συνέχισε να αγγίζει ζωές, αφήνοντας ένα ανεξίτηλο σημάδι τόσο σε άτομα όσο και σε κοινότητες. Ο αντίκτυπος της ΜΚΟ έφτασε πέρα από τα σύνορα, εμπνέοντας άλλους οργανισμούς και άτομα να συμμετάσχουν στον αγώνα κατά της βίας. Το χάρισμα της Πέτρας ήταν ένα μωσαϊκό ελπίδας και αλλαγής, με κάθε κομμάτι να συνεισφέρει στο χτίσιμο ενός ακόμα ποιο γερού θεμέλιου της κοινωνίας.

Σε μια συγκλονιστική στιγμή προβληματισμού, η Πέτρα στάθηκε μπροστά σε μια αφίσα που απεικόνιζε το ταξίδι της - μια οπτική αναπαράσταση της εξέλιξής της από επιζών σε συνήγορο. Στην αφίσα αναγνώρισε στιγμές που έφεραν μνήμες πόνου, θριάμβου και ανθεκτικότητας, με κάθε πινελιά μια απόδειξη της δύναμης του ανθρώπινου πνεύματος.

Η Πέτρα κοίταζε την αφίσα που είχε φτιάξει μια από τις εκπαιδευόμενες της, η καρδιά της φούσκωσε με μια βαθιά αίσθηση ολοκλήρωσης. Ο δρόμος ήταν επίπονος, γεμάτος ανατροπές, αλλά κάθε βήμα την οδηγούσε πιο κοντά στον απώτερο στόχο της - έναν κόσμο όπου η βία δεν ήταν παρά μια μακρινή ανάμνηση.

Το ταξίδι της Πέτρας ήταν μια ζωντανή απόδειξη της ιδέας ότι ακόμα και μπροστά στο σκοτάδι, ακόμα και στα βάθη της απόγνωσης, υπήρχε πάντα μια αχτίδα ελπίδας. Η προσφορά της θα συνέχιζε να εμπνέει γενιές, μια υπενθύμιση ότι η αλλαγή ήταν δυνατή, ότι οι πληγές μπορούσαν να επουλωθούν και ότι το ανθρώπινο πνεύμα ήταν ικανό για απεριόριστη ανθεκτικότητα.

Και έτσι, η ιστορία της Πέτρας συνεχίστηκε - μια συμφωνία δύναμης, ενότητας και ακλόνητης αποφασιστικότητας. Κοιτάζοντας προς τον ορίζοντα, η καρδιά της γέμισε ευγνωμοσύνη για τους συμμάχους που είχε συναντήσει στην πορεία της ζωής της, για τις προκλήσεις που είχαν δοκιμάσει την αποφασιστικότητά της και για την αγάπη και την υποστήριξη που την είχαν οδηγήσει.

Το ταξίδι της Πέτρας ήταν ένας φόρος τιμής αντοχής σε προκλήσεις - μια απόδειξη του γεγονότος ότι ανεξάρτητα από το πόσο συντετριμμένος μπορεί να αισθάνεται κανείς, πάντα υπήρχε ένας τρόπος να επανακάμψει. Οι μέρες κάλπαζαν σαν άγρια άλογα, η Πέτρα κουβαλούσε μαζί της τα μαθήματα του παρελθόντος της, τα όνειρα ενός κόσμου χωρίς βία και την ακλόνητη πεποίθηση ότι μαζί, οι άνθρωποι ενωμένοι θα μπορούσαν να δημιουργήσουν έναν πιο φωτεινό, ασφαλέστερο και πιο συμπονετικό κόσμο για όλους.

Κεφάλαιο δέκατο: Το μονοπάτι της πολιτικής

Η είσοδος της Πέτρας στη σφαίρα της πολιτικής δεν ήταν χωρίς εμπόδια και αναποδιές. Η πρώτη της προσπάθεια να δημιουργήσει αλλαγή μέσα από το πολιτικό σύστημα αντιμετωπίστηκε με αντίσταση, σκεπτικισμό και απρόβλεπτες προκλήσεις. Όπως περιηγούνταν στον περίπλοκο κόσμο της διακυβέρνησης, η Πέτρα βρέθηκε αντιμέτωπη με έναν τοίχο αντιπολίτευσης που φαινόταν ανυπέρβλητος.

Η αρχική της εισβολή στην πολιτική σημαδεύτηκε από μια σειρά αποτυχιών. Οι προτάσεις της αντιμετωπίστηκαν με σκεπτικισμό, οι προσπάθειες της συναντούσαν συχνά αντίσταση από εκείνους που δίσταζαν να αγκαλιάσουν την αλλαγή. Ήταν λες και το ίδιο το σύστημα που ήλπιζε να μεταμορφώσει συνωμοτούσε εναντίον της, δοκίμαζε την αποφασιστικότητά της και αμφισβητούσε το πνεύμα της.

Κατά καιρούς, η αμφιβολία έμπαινε στις σκέψεις της Πέτρας, σκιάζοντας ακόμα και την αδιαμφισβήτητη αποφασιστικότητά της. «Ίσως είμαι απλώς μια αφελής ιδεαλίστρια», εκμυστηρεύτηκε σε έναν στενό της φίλο, με τη φωνή της να χρωματίζει απογοήτευση. «Ίσως οι δυνάμεις που παίζουν είναι πολύ εδραιωμένες, πολύ ισχυρές για να ξεπεραστούν».

Ο έμπιστος φίλος της, ένας συνήγορος που είχε αντιμετωπίσει τις δικές του δοκιμασίες, χάρισε ένα καθησυχαστικό χαμόγελο. «Η αλλαγή δεν είναι ποτέ εύκολη, ειδικά μέσα σε ένα σύστημα που είναι ανθεκτικό σε αυτήν», καθησύχασε την Πέτρα. «Αλλά να θυμάσαι, κάθε εμπόδιο είναι μια ευκαιρία να αποδείξεις την επιμονή σου. Το πνεύμα σου είναι ισχυρότερο από οποιαδήποτε εμπόδιο έχεις αντιμετωπίσει».

Το πνεύμα της Πέτρας αρνήθηκε να σβήσει. Παρά τις αρχικές αποτυχίες, η αποφασιστικότητά της φάνηκε πιο φωτεινή από ποτέ. Ξεσκόνισε τον εαυτό της, βαθμολόγησε εκ νέου την προσέγγισή της και χρησιμοποίησε το ακλόνητο πνεύμα της για να προχωρήσει.

Μπροστά στις αντιξοότητες, η ανθεκτικότητα της Πέτρας έλαμψε. Διπλασίασε τις προσπάθειές της, συμμετέχοντας σε αυστηρή έρευνα, χτίζοντας στρατηγικές συμμαχίες και αξιοποιώντας τις δικές της εμπειρίες για να τροφοδοτήσει την υπεράσπισή της. Αργά αλλά σταθερά, η φωνή της άρχισε να αντηχεί σε όσους την είχαν αρχικά αμφισβητήσει.

Σημείο καμπής ήρθε κατά τη διάρκεια μιας κομβικής συζήτησης στο βήμα της Βουλής όπου είχε κληθεί ως καλεσμένη να μιλήσει. Η Πέτρα βρέθηκε αντιμέτωπη με ισχυρούς αντιπάλους, με την καρδιά της να χτυπάει δυνατά από ένα μείγμα νεύρων και αποφασιστικότητας. Ενώ στεκόταν στο βάθρο, ένιωθε το βάρος των ελπίδων του κόσμου να στηρίζεται στους ώμους της.

Η ομιλία της ήταν μια αποκάλυψη—μια ισχυρή απόδειξη της ακλόνητης δέσμευσης της, της ικανότητάς της να εκφράζει τον επείγοντα χαρακτήρα της υπόθεσης της και της ικανότητάς της να εμπνέει την αλλαγή. Τα λόγια της δεν ήταν απλώς μια απαγγελία γεγονότων και αριθμών. ήταν μια εγκάρδια έκκληση για έναν καλύτερο κόσμο, έναν κόσμο απαλλαγμένο από τις αλυσίδες της βίας.

Όσο που μιλούσε, η φωνή της Πέτρας έτρεμε από ένα μείγμα πάθους και ευαλωτότητας. «Δεν μπορούμε να αγνοήσουμε τις φωνές εκείνων που υπέφεραν», παρακάλεσε, με τα μάτια της να συναντούν τα βλέμματα των Βουλευτών. «Δεν μπορούμε να κάνουμε τα στραβά μάτια στον πόνο που προκαλείται στους ευάλωτους. Είναι καθήκον μας, ως δημόσιοι λειτουργοί, να σηκωθούμε όρθιοι, να μιλήσουμε και να δημιουργήσουμε ένα μέλλον όπου η βία δεν αποτελεί πλέον μέρος της πραγματικότητας μας».

Η παθιασμένη ομιλία της χτύπησε σαν ρεύμα τους παρευρισκόμενους. Αργά αλλά σταθερά, ένα κύμα συμπαράστασης άρχισε να φουσκώνει, μεταφέροντας το μήνυμα της Πέτρας στις καρδιές και στο μυαλό των Βουλευτών της Κυβέρνησης. Ήταν μια κομβική στιγμή—αυτή που σηματοδότησε την ανατροπή της παλίρροιας, την αρχή μιας μεταμόρφωσης που θα κυματιζόταν στον ίδιο τον ιστό της κοινωνίας.

Στον απόηχο της ισχυρής ομιλίας της, η Πέτρα βρέθηκε περιτριγυρισμένη από συμμάχους και υποστηρικτές - άτομα που είχαν συγκινηθεί από τα λόγια της, άτομα που αναγνώρισαν την ειλικρίνεια του οράματος της. Η εμπειρία είναι μια επιβεβαίωση της δύναμης του ανθρώπινου πνεύματος, της ικανότητας να υψώνεται πάνω από τις αντιξοότητες και να δημιουργεί αλλαγές μέσα από αταλάντευτη αποφασιστικότητα της ψυχής.

Με νέα ορμή, το πολιτικό ταξίδι της Πέτρας πήρε μια σκόπιμη τροπή. Το ακλόνητο πνεύμα της και η ακλόνητη δέσμευσή της άρχισαν να αποφέρουν απτά αποτελέσματα. Νομοσχέδια που κάποτε είχαν αντιμετωπιστεί με αντίσταση βρίσκονταν τώρα στο προσκήνιο των νομοθετικών συζητήσεων. Η ικανότητα της Πέτρας να γεφυρώνει τις διαφορές, να χτίζει συνασπισμούς και να εμπνέει τη συνεργασία ήταν απόδειξη του αξιοσημείωτου ταξιδιού της μεταμόρφωσης.

Στα σημάδια της εξέλιξης στο ύφασμα της ύπαρξης, οι προσπάθειες της Πέτρας άρχισαν να αποδίδουν καρπούς. Οι σπόροι που είχε σπείρει στις πρώτες μέρες της πολιτικής της σταδιοδρομίας άνθισαν σε έναν κήπο αλλαγής, μια απόδειξη της διαρκούς δυναμικής επιμονής και αποφασιστικότητας. Το όνομα της Πέτρας έγινε συνώνυμο της προόδου, η επικουρία της ήταν απόδειξη της ιδέας ότι ακόμη και οι πιο σκοτεινές αποτυχίες θα μπορούσαν να ξεπεραστούν με ακλόνητη αποφασιστικότητα.

Και έτσι, το ταξίδι της Πέτρας συνεχίστηκε και η πολιτική της καριέρα ήταν μια συμφωνία αποφασιστικότητας, συνεργασίας και ακλόνητης δέσμευσης - μια ζωντανή απόδειξη της ιδέας ότι η ανθεκτικότητα ενός ατόμου θα μπορούσε να είναι ο καταλύτης για τη μεταμόρφωση σε μεγάλη κλίμακα.

Κεφάλαιο ενδέκατο: Σκιές

Η αδιάκοπη αναζήτηση της Πέτρας για αλλαγή συνάντησε τόσο θριάμβους όσο και δοκιμασίες στον σύγχρονο κόσμο. Όσο η επιρροή της εξαπλώθηκε, τόσο οι αντιδυνάμεις ήταν αποφασισμένες να υπονομεύσουν την πρόοδό της. Με κάθε βήμα προς έναν καλύτερο κόσμο, η σκιά της Πέτρας επεκτάθηκε, επισκιάζοντας και τις πιο σκοτεινές προκλήσεις.

Ο αντίκτυπος της υπερασπιστικής γραμμής της Πέτρας είχε φτάσει σε πρωτοφανή ύψη. Οι νομοθετικοί της θρίαμβοι είχαν εγκαινιάσει μια νέα εποχή υποστήριξης για τους επιζώντες, καθιστώντας την φάρο έμπνευσης. Αλλά η άνοδος της συνοδεύτηκε από μια έκρηξη αντιπάλων που προσπάθησαν να διαλύσουν τις προσπάθειες της.

Πλοηγώντας στα σόσιαλ μίντια, και στην απέραντη έκταση της ψηφιακής σφαίρας, η Πέτρα είχε διαρκώς επίγνωση του αδυσώπητου βλέμματος που είχε καρφωθεί πάνω της. Οι απόηχοι της αντίθεσης αντηχούσαν μέσα από την εικονική σφαίρα, μια έντονη υπενθύμιση ότι η πρόοδος συναντούσε συχνά αντίσταση.

Ένα βράδυ, η Πέτρα κάθισε στριμωγμένη με φίλους στο μικρό της σαλόνι και η ένταση ήταν αισθητή στον αέρα. Οι συνομιλίες τους περιστρέφονταν γύρω από τις κλιμακούμενες απειλές που αντιμετώπιζε. «Είναι σίγουρα ανησυχητικό», ομολόγησε η Πέτρα, με τη φωνή της να είναι γεμάτη φόβο. «Αλλά η υποχώρηση δεν είναι επιλογή. Η δέσμευσή μου σε αυτόν τον σκοπό γίνεται μόνο ισχυρότερη».

Οι φίλοι της αντάλλαξαν ανησυχητικές ματιές, με την ανησυχία τους βαθιά χαραγμένη στα πρόσωπά τους. «Πέτρα, είμαστε μαζί σου», επιβεβαίωσε μια από αυτές, με τη φωνή της γεμάτη αποφασιστικότητα. «Αλλά πρέπει να είσαι προσεκτική. Υπάρχουν εκείνοι που δεν θα σταματήσουν σε τίποτα για να βάλουν τέλος στην πρόοδο σου».

Η Πέτρα ένευψε καταφατικά, η αποφασιστικότητά της ήταν ακλόνητη. «Δεν θα σιωπήσω», δήλωσε. «Αν μη τι άλλο, αυτές οι απειλές τροφοδοτούν την αποφασιστικότητά μου να αγωνιστώ για αυτό που είναι σωστό». Οι απειλές κλιμακώθηκαν, εμφανίστηκαν ως ανώνυμα μηνύματα και δυσοίωνες διαδικτυακές προειδοποιήσεις. Η Πέτρα αντιμετώπισε την ανατριχιαστική συνειδητοποίηση ότι το έργο της την είχε καταστήσει στόχο κάποιον που δεν ήθελαν την αλλαγή.

Ένα βράδυ, ένα ιδιαίτερα ανησυχητικό μήνυμα άστραψε στην οθόνη της Πέτρας. Κοίταξε το κινητό της, με την καρδιά της να χτυπάει δυνατά, αφού ξετυλίγονταν τα απαίσια λόγια. Ήταν μια έντονη υπενθύμιση των κινδύνων που κρύβονται στις σκιές.

Μόνη στο λιτό σπίτι της, η Πέτρα ένιωσε το βάρος των απειλών να την πιέζουν. Επέτρεψε στον εαυτό της να αναγνωρίσει πλήρως τον κίνδυνο που φλερτάρει, αναλογιζόμενη την ευθραυστότητα της καρδιάς της – μια συνεχή υπενθύμιση της θνησιμότητάς της. «Θέτω τον εαυτό μου και την οικογένειά μου σε κίνδυνο;» συλλογίστηκε δυνατά, με τη φωνή της να χρωματίζεται από ένα μείγμα αβεβαιότητας και ευαλωτότητας.

Η κόρη της, που την άκουσε, μπήκε στο δωμάτιο και αγκάλιασε τη μητέρα της σφιχτά. «Μαμά, πιστεύουμε στη δύναμή σου», καθησύχασε, με τη φωνή της μια παρηγορητική αγκαλιά. «Μα κι εμείς φοβόμαστε. Σε χρειαζόμαστε μαμά».

Δάκρυα κύλησαν στα μάτια της Πέτρας τραβώντας την κόρη της κοντά. «Υπόσχομαι, γλυκιά μου, θα κάνω τα πάντα για να μας κρατήσω ασφαλείς», ψιθύρισε, με τη φωνή της να συνδυάζει αποφασιστικότητα και ευαλωτότητα. «Ο φόβος δεν θα υπαγορεύσει την πορεία μας».

Με τις κλιμακούμενες απειλές, η αποφασιστικότητα της Πέτρας φούντωνε πιο έντονα, τροφοδοτούμενη από τη μνήμη της ακλόνητης υποστήριξης του πατέρα της και το αδάμαστο πνεύμα της γιαγιάς της. Ήξερε ότι το μονοπάτι ήταν γεμάτο κινδύνους, οι σκιές ήταν αδυσώπητες, ωστόσο η αποφασιστικότητά της παρέμενε ακλόνητη - ριζωμένη στην επιθυμία να διαλύσει τις δομές της βίας.

Και τότε, συνέβη μια πικρή αποκάλυψη. Περισσότερες γυναίκες είχαν αρχίσει να μιλούν ανοιχτά για την ενδοοικογενειακή κακοποίηση, με τις φωνές τους να αντηχούν στη δύναμη της ενότητας. Ωστόσο, με αυτό το νέο άνοιγμα, προέκυψε μια σκληρή πραγματικότητα. Τα περιστατικά βίας αυξήθηκαν, ζωές χάθηκαν μετά την απελευθέρωση από τους κακοποιούς τους. Το βάρος των ιστοριών τους βάραινε πολύ την καρδιά της Πέτρας, εντείνοντας τη δέσμευσή της στη δράση.

«Είναι αποκαρδιωτικό», εκμυστηρεύτηκε η Πέτρα σε μια στενή φίλη σε μια ήσυχη στιγμή. «Βλέπουμε αυτές τις γυναίκες να παίρνουν το κουράγιο να δραπετεύσουν, μόνο για να αντιμετωπίσουν ακόμη μεγαλύτερο κίνδυνο. Πρέπει να κάνουμε περισσότερα. Δεν μπορούμε να σταθούμε άπραγες καθώς χάνονται ζωές».

Η φίλη της έγνεψε καταφατικά, με την ενσυναίσθηση στα μάτια της. «Πέτρα, η δουλειά σου πυροδότησε μια συζήτηση που έχει καθυστερήσει πολύ. Αλλά η μάχη δεν έχει κερδηθεί ακόμα. Πρέπει να συνεχίσουμε, να παλέψουμε ακόμα πιο σκληρά».

Το βλέμμα της Πέτρας πλημμύρισε με μια ανανεωμένη αποφασιστικότητα. «Θα εργαστούμε ακούραστα για να παρέχουμε υποστήριξη, πόρους και εκπαίδευση. Μαζί, μπορούμε να ανατρέψουμε την βία και να δημιουργήσουμε έναν κόσμο όπου κανείς δεν θα φοβάται για τη ζωή του».

Με εμβληματική κίνηση του προορισμένου οι σκιές βάθυναν, η αποφασιστικότητα της Πέτρας έλαμπε πιο έντονα. Ο δρόμος μπροστά ήταν γεμάτος προκλήσεις, αλλά το ακλόνητο πνεύμα της ήταν άθραυστο. Η παρακαταθήκη που έχτιζε ήταν απόδειξη της δύναμης της αποφασιστικότητας μιας γυναίκας να αντιμετωπίσει το σκοτάδι και να φέρει διαρκή αλλαγή.

Το έργο της στάθηκε ως απόδειξη του αναλλοίωτου ανθρώπινου πνεύματος απέναντι στις αντιξοότητες. Η ακλόνητη αποφασιστικότητα της Πέτρας να δημιουργήσει έναν κόσμο απαλλαγμένο από τη βία ήταν ένα νήμα υφασμένο στην ίδια της την ύπαρξη – ένα νήμα που δεν μπορούσε να ξετυλιχθεί από απειλές ή φόβο. Κάθε βήμα προς έναν πιο φωτεινό κόσμο έριχνε μια μακρύτερη σκιά, καλώντας βαθύτερες προκλήσεις που δοκίμαζαν την ικανότητά της και άλλοτε ρίχνοντας φως σε άβολες αλήθειες.

Ήξερε ότι η πορεία της δεν ήταν χωρίς κινδύνους, ότι οι σκιές θα συνέχιζαν να τη δοκιμάζουν, αλλά παρέμενε ακλόνητη – οδηγούμενη από την επιθυμία να δημιουργήσει έναν κόσμο απαλλαγμένο από βία.

Κεφάλαιο δωδέκατο: Επικίνδυνη κατάσταση

Η νύχτα τυλίχθηκε σε ένα ανησυχητικό σάβανο καθώς η Πέτρα πλησίαζε την εξώπορτα της, μια ήρεμη ανησυχία τραβούσε τις αισθήσεις της. Η οικειότητα του σπιτιού έφερε φευγαλέα άνεση, αλλά μια αόρατη ένταση βούιζε στον αέρα. Όπως το κλειδί της έστριψε στην κλειδαριά, ένα κρυφό τρίξιμο φάνηκε να αντηχεί στον διάδρομο, βάζοντας τα νεύρα της στα άκρα.

Μπαίνοντας μέσα, η καρδιά της Πέτρας τάχυνε, το βλέμμα της τράβηξε μια φιγούρα —έναν άγνωστο— που στεκόταν λίγο πιο πέρα από το κατώφλι. Ο χρόνος φαινόταν να σταματάει, ο σφυγμός της βροντούσε στα αυτιά της, ένα ρίγος έτρεχε στη σπονδυλική της στήλη. Η παρουσία του εισβολέα δημιούργησε έναν χείμαρρο αναμνήσεων, μια ανατριχιαστική υπενθύμιση της βίαιης επίθεσης που είχε αλλάξει για πάντα τη ζωή της.

Καταπνίγοντας μια ανάσα, το μυαλό της Πέτρας στροβιλίστηκε σε υπερένταση, παλεύοντας με ένα εφιαλτικό déjà vu. Τα δάχτυλά της σφίχτηκαν γύρω από τα κλειδιά της, οι ανάσες της ρηχές και γρήγορες. Οι σκιές χόρευαν απειλητικά και ο αέρας έγινε πυκνός με ένα δυνατό μείγμα φόβου και οργής.

«Ποιος είσαι;» Η φωνή της Πέτρας έτρεμε καθώς αντιμετώπιζε τον άγνωστο, με την καρδιά της να χτυπά δυνατά στο στήθος της.

Τα χαρακτηριστικά του άντρα παρέμειναν κρυμμένα από το αμυδρό φως, η σιλουέτα του ένα στοιχειωμένο φάντασμα. Η σιωπή τεντώθηκε, τα δευτερόλεπτα περνούσαν σαν μια αιωνιότητα, κάθε χτύπος της καρδιάς μια βροντερή υπενθύμιση της ευθραυστότητας της.

Ξαφνικά, μια λάμψη συνειδητοποίησης τρεμόπαιξε στα μάτια του εισβολέα—μια συνειδητοποίηση που έστειλε ρίγη στη σπονδυλική στήλη της Πέτρας ενώ σήκωσε το χέρι της δείχνοντας του ψηλά. Το βλέμμα του στράφηκε προς τις κάμερες ασφαλείας που ήταν τοποθετημένες διακριτικά γύρω από το ακίνητο, με τη γνώση ότι κάθε του κίνηση καταγραφόταν σχολαστικά προκαλώντας κύμα πανικού.

Με μια γρήγορη, σχεδόν άγρια κίνηση, ο άγνωστος τράπηκε σε φυγή, με τα βήματά του να αντηχούν μέσα στη νύχτα. Η καρδιά της Πέτρας χτυπούσε, οι αναπνοές της με φρενήρεις ρυθμούς, στεκόταν ριζωμένη στο σημείο, τα απομεινάρια της συνάντησης έμειναν σαν δυσοίωνη σκιά, ο άγνωστος μόλις είχε περάσει δίπλα της σχεδόν σε απόσταση αναπνοής.

Η δοκιμασία την άφησε να τρέμει, τα συναισθήματά της ένας καταιγιστικός στροβιλισμός, τα λεπτά εκτείνονταν σε μια αγωνιώδη αιωνιότητα. Παρακολουθούσε από το παράθυρο, με το βλέμμα καρφωμένο στο σκοτάδι, με την καρδιά της να αρνείται να ησυχάσει τον ξέφρενο ρυθμό της.

Η άφιξη της αστυνομίας ήταν μια ευπρόσδεκτη ανάπαυλα, οι στολές τους φάρος εξουσίας και προστασίας. Η Πέτρα διηγήθηκε την απρόσδεκτη συνάντηση, με τη φωνή της να χρωματίζεται από ένα μείγμα τρόμου και αποφασιστικότητας. Η παρουσία τους πρόσφερε μια σανίδα σωτηρίας μέσα στην καταιγίδα, μια φαινομενική τάξη μέσα στο χάος.

«Θα το ερευνήσουμε διεξοδικά», διαβεβαίωσε ένας από τους αξιωματικούς, με τη φωνή του καθησυχαστική άγκυρα μέσα στην αβεβαιότητα. «Η ασφάλεια σας είναι η ύψιστη προτεραιότητά μας.»

Οι μέρες μετατράπηκαν σε εβδομάδες, κάθε στιγμή που περνούσε έφερε το βάρος της προσμονής. Το δίχτυ της δικαιοσύνης τραβούσε όλο και περισσότερο τον εισβολέα, με τις ενέργειες του να ξετυλίγουν ένα ίχνος παραβίασης και εισβολής που δεν μπορούσε να αγνοηθεί.

Η αίθουσα του δικαστηρίου ήταν μουντή και αποπνικτική, ενώ η σκόπιμη φωνή της Πέτρας αφηγούνταν την τρομακτική νύχτα με ακλόνητη αυτοπεποίθηση. Η βαρυσήμαντη φωνή του δικαστή σηματοδότησε την ολοκλήρωση της διαδικασίας —με την ετυμηγορία που κατέστησε τον εισβολέα υπεύθυνο για τις πράξεις του.

Κοιτώντας με βλέμμα ανελέητα καρφωμένο πάνω του να απομακρύνεται, μια αναταραχή συναισθημάτων ξέσπασε μέσα της—ένας συνδυασμός ολοκλήρωσης, δικαίωσης και ανανεωμένης αίσθησης ενδυνάμωσης. Οι σκιές που κάποτε είχαν σκοτώσει τη ζωή της, τώρα στιγματίστηκαν από το φως της δικαιοσύνης.

Η συνάντηση είχε αφήσει το σημάδι της, μια έντονη υπενθύμιση της ευαλωτότητας της σε έναν κόσμο ύπουλο που θα μπορούσε να γίνει στάχτη σε μια στιγμή. Ωστόσο, άναψε επίσης μια νέα φωτιά μέσα της - μια ακλόνητη υποχρέωση να συνεχίσει τον αγώνα της ενάντια στη βία παραλληλίζοντας στη σκέψη με κάποια άλλη γυναίκα στην θέση της.

Στον απόηχο της δοκιμασίας, η υποστήριξη από την αστυνομία παρέμεινε ως σιωπηλή διαβεβαίωση. Η Πέτρα ένιωσε έναν καινούργιο δεσμό με όσους είχαν συνδράμει στη βοήθεια της, η παρουσία τους χρησίμευε ως φάρος προστασίας απέναντι στις αντιξοότητες.

Το περιστατικό είχε ρίξει μια ανατριχιαστική σκιά, ωστόσο μέσα σε αυτή τη σκιά, το πνεύμα της Πέτρας για άλλη μια φορά αναδύθηκε αδιάσπαστο, ενισχυμένο από τη συνειδητοποίηση ότι δεν ήταν μόνη. Κοιτάζοντας έξω τον κόσμο, η καρδιά της φούντωσε με μια νέα δύναμη - μια δύναμη που γεννήθηκε από την αντιμετώπιση των σκιών και αναδύθηκε πιο ισχυρή, από την αντίθετη όχθη.

56

Κεφάλαιο δέκατο τρίτο: Ενισχυμένα σώματα

Στον απόηχο της ανησυχητικής συνάντησης στο σπίτι της με τον εισβολέα, μια βαθιά και μεταμορφωτική σύνδεση άρχισε να ξεδιπλώνεται - ένας δεσμός που θα αναμόρφωνε το επίπονο ταξίδι της Πέτρας και θα την έφερνε αμέτρητα πιο κοντά στην απτή πραγματοποίηση ενός αγαπημένου παιδικού ονείρου που είχε κουβαλήσει στην καρδιά της.

Η άμμος του χρόνου σιγοκυλάει και οι μέρες μετατρέπονταν απρόσκοπτα σε εβδομάδες, τα αποφασιστικά βήματα της Πέτρας την οδήγησαν στο τοπικό αστυνομικό τμήμα - ένα μέρος που κάποτε συμβόλιζε την άκαμπτη εξουσία, και τώρα μεταμορφώθηκε σε χωνευτήριο ελπίδας και δράσης. Ο αξιωματικός Ιακώβου, που στεκόταν με ακλόνητη αποφασιστικότητα, τη χαιρέτησε με μια έκφραση που αντανακλούσε την κοινή του δέσμευση. «Πέτρα, η επιμονή σου έχει ανάψει μια αδάμαστη φλόγα μέσα στον καθένα μας», επιβεβαίωσε με εγκάρδια ειλικρίνεια. «Το όραμα που υποστηρίζετε σταθερά, ένα όραμα που οραματίζεται έναν κόσμο απελευθερωμένο από τα δεσμά της βίας, αντηχεί βαθιά με τον συλλογικό μας σκοπό, ειδικά την προστασία των γυναικών και των παιδιών».

Η Πέτρα έγνεψε καταφατικά, με τα μάτια της να μεταδίδουν ένα μείγμα ευγνωμοσύνης και αποφασιστικότητας. «Η σύγκλιση των μονοπατιών μας δεν είναι τίποτα λιγότερο από αξιοσημείωτη», απάντησε, με το βλέμμα της να συναντά αταλάντευτα τον αξιωματικό Ιακώβου. «Μαζί, μπορούμε να οικοδομήσουμε μια γέφυρα κατανόησης και να δημιουργήσουμε μια μετάβαση ατέρμονης αλλαγής».

Γέρνοντας προς τα εμπρός, η φωνή του αξιωματικού Ιακώβου έφερε το βάρος της κοινής πεποίθησης. «Σε συνεργασία με τον δήμαρχο, θα χαράξουμε ένα άνευ προηγουμένου μονοπάτι - ένα αφοσιωμένο εξειδικευμένο τμήμα με μοναδικό επίκεντρο την αντιμετώπιση της ενδοοικογενειακής βίας», αποκάλυψε. «Η ακούραστη συνηγορία σας, αναμφίβολα, λειτούργησε ως καταλύτης για αυτό το μνημειώδες βήμα».

Ένα κύμα ελπίδας ξεπέρασε την Πέτρα, με τους παλμούς της να επιταχύνονται απορροφώντας τη μνημειώδη αποκάλυψη. Η ενεργή συμμετοχή του δημάρχου σηματοδότησε μια κομβική συγκυρία - μια ενσάρκωση της ακατέργαστης δύναμης που πηγάζει από τη συλλογική προσπάθεια. Ήταν μια ζωντανή απόδειξη της μεταμορφωτικής ενέργειας που διέθετε το ενιαίο μέτωπο τους.

Τις μέρες που ακολούθησαν, η συνέργεια μεταξύ της ανυποχώρητης ΜΚΟ της Πέτρας και του εξειδικευμένου αστυνομικού τμήματος εδραιώθηκε σε μια άθραυστη συμμαχία - μια τρομερή συνεργασία που σμιλεύει σχολαστικά μια πολύπλευρη στρατηγική για την καταπολέμηση της ενδοοικογενειακής βίας. Η περίπλοκη ταπετσαρία τους, πλεγμένη με νήματα ενσυναίσθησης, ενδυνάμωσης και ακαταμάχητης προστασίας, άρχισε να αναδύεται.

Καθισμένη στην καρδιά του αστυνομικού τμήματος, η Πέτρα τυλίχθηκε από ένα κλιμάκιο αξιωματικών που αντικατόπτριζαν την ακέραιη της αποφασιστικότητα. Η συντροφικότητα που είχε ριζώσει μαρτυρούσε τον βαθύ αντίκτυπο που θα μπορούσε να ασκήσει μια κοινή αποστολή. Κάθε αξιωματικός, στην ουσία, στεκόταν ως άγρυπνος φύλακας - σταθεροί φρουροί που δεσμεύονταν από τη προσκόλληση τους να προστατεύσουν τους ευάλωτους, ιδιαίτερα τις γυναίκες και τα παιδιά.

Οι συζητήσεις τους κυλούσαν, η φωνή της Πέτρας ήχησε με μια ακλόνητη διαύγεια. «Η συλλογική μας προσπάθεια απαιτεί την εξάρθρωση των εμποδίων που συναντούν συχνά οι επιζώντες όταν αναζητούν βοήθεια», υποστήριξε, με τα λόγια της να αντηχούν με μια ακλόνητη πεποίθηση. «Μέσω των συνδυασμένων προσπαθειών μας, έχουμε τη δύναμη να καλλιεργήσουμε ένα καταφύγιο όπου οι επιζώντες ξεθάβουν τις φωνές τους, ανακτούν την αυτονομία τους και ξαναχτίζουν τις ζωές τους».

Ο αξιωματικός Ιακώβου έγνεψε καταφατικά, με τα μάτια του αναμμένα με κοινό σκοπό. «Η εντολή μας εκτείνεται πολύ πέρα από τα όρια της επιβολής του νόμου», επιβεβαίωσε. «Έχουμε εξελιχθεί σε υποστηρικτές, σταθερούς συμμάχους και φάρους δύναμης για όσους λαχταρούν ανάπαυλα».

Η κλωστή της πείρας έπλεκε την πραγματικότητα και οι πρωτοβουλίες τους κυμάτισαν στην κοινότητα - μια μεταμορφωτική παλίρροια που αφυπνίζει τη συλλογική συνείδηση. Οι εκστρατείες ευαισθητοποίησης κέρδισαν δυναμική, καταστρέφοντας τους τρομερούς τοίχους της σιωπής που διαιώνιζαν τα βάσανα. Οι ομάδες υποστήριξης άκμασαν, δημιουργώντας ένα καταφύγιο όπου οι επιζώντες μπορούσαν να βρουν παρηγοριά, να μοιραστούν εμπειρίες και σταδιακά να ξεκινήσουν το μονοπάτι τους προς την επούλωση.

Το πνεύμα της συνεργασίας ξεπέρασε τα όρια του αστυνομικού τμήματος, αντηχώντας τόσο σε επιχειρήσεις όσο και σε ιδιώτες. Ο δήμαρχος, ένας άντρας με ακλόνητη αποφασιστικότητα, μάζεψε πόρους και συγκέντρωσε την υποστήριξη της κοινότητας, με κάθε συνεισφορά να γίνεται ένα τούβλο στη γέφυρα της αλλαγής. Το κονσέρτο του αγαπημένου ονείρου της Πέτρας - που περιελάμβανε την υπεράσπιση, την προστασία και την ενδυνάμωση - άρχισε να ενορχηστρώνετε, σε μια συμφωνία μεταμόρφωσης που αντηχούσε στα κοινωνικά στρώματα.

Στην καρδιά των συλλογικών τους προσπαθειών, η Πέτρα ανακάλυψε μια βαθιά αίσθηση σκοπού, ένα κάλεσμα που αντηχούσε μαζί της σε ένα βαθύ επίπεδο ψυχής. Η ενότητα που μοιράζονταν με τους αστυνομικούς στάθηκε ως απόδειξη της εκπληκτικής ισχύος της συλλογικής δράσης—μιας στοιχειώδους δύναμης ικανής να διαλύσει τις σκιές και να φωτίσει την πορεία προς τα εμπρός.

Ο χρόνος χόρευε ασταμάτητα τη γιορτή της ζωής, ο αντίκτυπος της τρομερής συνεργασίας τους αντηχούσε μέσα από τους τοίχους της πόλης. Η αποφασιστική συμμετοχή του δημάρχου είχε δώσει νέα πνοή στο κοινό τους όραμα, προωθώντας το με ένα νέο σθένος. Η Πέτρα θαύμασε με τη συνειδητοποίηση ότι το πολύτιμο παιδικό της όνειρο - το ίδιο το όραμα που είχε γαλουχήσει από τα πρώτα της χρόνια - αποκρυσταλλωνόταν σε απτή πραγματικότητα.

Το ταξίδι δεν ήταν χωρίς εμπόδια. μάλλον, ήταν μια αδυσώπητη οδύσσεια που χαρακτηρίστηκε από ακλόνητη ανθεκτικότητα. Ωστόσο, ανάμεσα στη συντροφικότητα αξιωματικών και συνηγόρων, η Πέτρα ένιωθε μια βαθιά αίσθηση ολοκλήρωσης – μια συνειδητοποίηση ότι το ταξίδι της είχε πράγματι κάνει τον κύκλο του. Η καρδιά της φούσκωσε από μια διαρκή περηφάνια, μια απόδειξη για τον βαθύ αντίκτυπο της ανυποχώρητης αποφασιστικότητας της - μια δύναμη που είχε γεννήσει ένα κίνημα, που υπόσχεται έναν ασφαλέστερο, φωτεινότερο κόσμο για γενιές ακόμη αγέννητες.

Κεφάλαιο δέκατο τέταρτο: Διαφωτισμός

Στον απόηχο της ηχηρής επιτυχίας τους στη σφυρηλάτηση μιας αδιάσπαστης συμμαχίας, το όραμα της Πέτρας για έναν κόσμο χωρίς βία εξελίχθηκε προς τα εμπρός, ωθούμενο από τη συλλογική αποφασιστικότητα των νεοανακαλυφθέντων συντρόφων της. Μαζί, ξεκίνησαν μια αποστολή να ανάψουν έναν ακτινοβόλο φάρο συνειδητοποίησης, παραμερίζοντας τις σκιές της άγνοιας και της αδιαφορίας που είχαν τυλίξει την κοινότητά τους για πάρα πολύ καιρό.

Κάτω από τον απέραντο ουρανό ενός τοπικού πάρκου, ένα πολυσχιδές και πνευματώδες πλήθος συγκεντρώθηκε, ενσαρκώνοντας την αλληλεγγύη που είχε ανάψει ανάμεσά τους. Η Πέτρα στάθηκε μπροστά τους, μια φιγούρα έμπνευσης και ηγεσίας, με τη φωνή της εμποτισμένη με μια αναζωογονητική ενέργεια που αντηχούσε στον αέρα. «Η σημερινή ημέρα σηματοδοτεί μια σημαντική συγκυρία - ένα ταξίδι προς τη φώτιση, την ενότητα και την ακλόνητη υποστήριξη για εκείνους των οποίων οι φωνές έχουν από καιρό σιγήσει».

Δίπλα της, ο αξιωματικός Ιακώβου ακτινοβολούσε μια σταθερή παρουσία, σύμβολο αλληλεγγύης προς τα λεγόμενα της. «Ως δημόσιοι λειτουργοί αυτής της κοινότητας, είναι σοβαρό καθήκον μας να ρίξουμε φως στα διάφορα προσχήματα κακοποίησης και βίας», δήλωσε, με τα λόγια του να αντηχούν με ακλόνητη πεποίθηση. «Μαζί, θα εμβαθύνουμε την γνώση, ξεδιαλύνοντας παρανοήσεις και καλλιεργώντας ένα περιβάλλον ενσυναίσθησης και επαγρύπνησης».

Με αυτό, η Πέτρα άρχισε να εξερευνά τις πολλαπλές μορφές κακοποίησης που ταλαιπωρούσαν από καιρό την κοινωνία. Ανέλυσε το ανατριχιαστικό βασίλειο της σωματικής επιθετικότητας, τους ύπουλους έλικες της συναισθηματικής χειραγώγησης, τις βαθιές συνέπειες της οικονομικής εκμετάλλευσης και το άυλο αλλά καταστροφικό βασίλειο του ψυχολογικού βασανισμού. Τα λόγια της ζωγράφισαν ένα ζωντανό πανόραμα των αγώνων που αντιμετώπισαν αμέτρητα άτομα, με τις αφηγήσεις τους υφασμένες στον ίδιο τον ιστό της συνείδησης του κοινού.

Ανάμεσα στο πλήθος, αντηχούσαν μουρμουρητά συνειδητοποίησης, που ανακατεύονταν με εκφράσεις ενσυναίσθησης και νέας κατανόησης της έννοιας της βίας. Ο λόγος της Πέτρας συνεχίστηκε, με τα παθιασμένα λόγια της να ξετυλίγουν τον περίπλοκο ιστό της βίας. Επεξεργάστηκε την κρίσιμη σημασία της αναγνώρισης ενδεικτικών σημαδιών και του οπλισμού με τη γνώση και το θάρρος να παρέμβουν - μια ξεκάθαρη έκκληση για κάθε άτομο να είναι προάγγελος μεταμόρφωσης στα σπίτια, τις γειτονιές του και την ευρύτερη κοινωνία.

Ο αξιωματικός Ιακώβου, η παρουσία του ήταν απτή απόδειξη της αρμονίας που είχε επιτευχθεί μεταξύ της αστυνομίας και της κοινότητας, προχώρησε λέγοντας «Ο ρόλος μας ξεπερνά την απλή επιβολή των καταστατικών· περιλαμβάνει το να είμαστε συμπονετικοί ακροατές, πρόθυμοι σύμμαχοι και ακλόνητοι υπερασπιστές της δικαιοσύνης», με τα λόγια του να προκαλούν μια χορωδία ένθερμων χειροκροτημάτων.

Καθώς η εκδήλωση συνεχιζόταν, οι παρευρισκόμενοι συμμετείχαν με ανυπομονησία σε κινούμενους διαλόγους, μοιράζοντας προσωπικά ανέκδοτα, αναζητώντας καθοδήγηση και συμμετέχοντας σε ειλικρινείς συζητήσεις. Η συγκέντρωση χρησίμευσε ως μια οδυνηρή υπενθύμιση ότι οι σπόροι της αλλαγής είχαν ριζώσει, φυτρώνοντας μέσα σε καρδιές και μυαλά γεμάτα θέρμη για να πυροδοτήσουν θετικές αλλαγές.

ΑΝΤΙΘΕΤΑ ΣΤΟ ΡΕΥΜΑ

Ο χρυσός ήλιος βυθίστηκε κάτω από τον ορίζοντα, το γεγονός κορυφώθηκε με μια ισχυρή επιβεβαίωση - έναν άρρητο όρκο ενότητας για να υπερασπιστούν την εξάλειψης της κακοποίησης και της βίας. Η συντροφικότητα που είχε ανθίσει ήταν μια σιωπηρή παραδοχή ότι η συλλογική τους αποφασιστικότητα άσκησε τη δύναμη που ενορχήστρωσε τη βαθιά μεταμόρφωση.

Τις επόμενες ημέρες, ο αντίκτυπος των προσπαθειών τους έγινε φανερός. Η κοινότητα δονήθηκε με νέα ευαισθητοποίηση, οι συζητήσεις κύλησαν μέσα στα νοικοκυριά και οι κύκλοι της ενσυναίσθησης επεκτάθηκαν πολύ μακριά. Το εξειδικευμένο αστυνομικό τμήμα, χέρι-χέρι με την αδάμαστη ΜΚΟ της Πέτρας, εμβάθυνε στη δημιουργία δικτύων υποστήριξης, γραμμών βοήθειας και πρωτοβουλιών που θα προσφέρουν στους επιζώντες τον φάρο της καταφυγής και την ευκαιρία να ξεκινήσουν τα μονοπάτια της θεραπείας.

Για την Πέτρα, ατενίζοντας τον ορίζοντα της αλλαγής, κάθε βήμα φαινόταν σαν ένα βήμα προς το πεπρωμένο. Η συμμαχία που είχε σχηματίσει -η συμμαχία που τώρα αγκάλιαζε αξιωματικούς, μέλη της κοινότητας και την ακλόνητη υποστήριξη του οραματιστή δημάρχου- φαινόταν έτοιμη να καλλιεργήσει μια εποχή συμπόνιας, ανάπτυξης και ακλόνητης ελπίδας.

Με κάθε βήμα που προχωρούσε, η πεποίθηση της Πέτρας βάθυνε, η καρδιά της φούντωνε με μια άθραυστη αποφασιστικότητα. Μέσα στην καρδιά της, ένιωθε ότι το συγκεντρωμένο πλήθος ήταν κάτι περισσότερο από ένα ακροατήριο—ήταν απόστολοι, αποδέκτες μιας ιερής γνώσης για τη θεμελιώδη διαφορά μεταξύ του καλού και του κακού. Ως στρατιώτες στον αναδυόμενο πόλεμο ενάντια στη βία, τους είχε ανατεθεί μια θεϊκή αποστολή—να υπερασπιστούν την υπόθεση της συμπόνιας, της δικαιοσύνης και της μεταμόρφωσης.

ΝΑΝΑ ΕΣΚΙΟΓΛΟΥ

Στη χόβολη εκείνης της μεταμορφωτικής ημέρας, το πνεύμα της Πέτρας αναζωογονήθηκε από τη βαθιά πεποίθηση ότι οι σύμμαχοί της είχαν γίνει πλέον λαμπαδηδρόμοι, φορείς της ιερής φλόγας που τελικά θα έκαιγε τις σκιές που από καιρό στοίχειωναν την κοινότητα τους. Καθώς διασκορπίζονταν, κάθε άτομο εμφάνισε μια ανανεωμένη αίσθηση σκοπού, μια κοινή δέσμευση να εγκαινιάσει ένα πιο φωτεινό, πιο αρμονικό αύριο – μια εποχή που θα έμενε για πάντα ως απόδειξη της δύναμης της ενότητας, της γνώσης και της ανυποχώρητης αποφασιστικότητας.

Κεφάλαιο δέκατο πέμπτο: Αντίθετα στο ρεύμα

Ο ήλιος έριξε την τελευταία του χρυσή λάμψη στον ορίζοντα, το αξιοσημείωτο ταξίδι της Πέτρας έφτανε στο αποκορύφωμά του - ένα ταξίδι που χαρακτηρίστηκε από ανθεκτικότητα, θριάμβους και αδιάκοπη σκληρή δουλειά. Από το τρυφερό ξεκίνημά της ως ένα εύθραυστο κορίτσι μέχρι την εξέλιξή της ως σκληρός υποστηρικτής της αλλαγής, το μονοπάτι της Πέτρας είχε φωτιστεί από το ακλόνητο πνεύμα του πατέρα της και την αδάμαστη θέληση της γιαγιάς της.

Η ιστορία της, ένα υφαντό πλεγμένο με νήματα αγώνα και νίκης, ήταν μια απόδειξη του άρρηκτου δεσμού μεταξύ πατέρα και κόρης – ένας δεσμός που της είχε δώσει τη δυνατότητα να ξεπεράσει τους κοινωνικούς περιορισμούς και να αγκαλιάσει έναν κόσμο ατελείωτων δυνατοτήτων. Μεγαλωμένη από έναν πατέρα πρότυπο άνδρα και καθοδηγούμενη από τη δύναμη της γιαγιάς της, η ανατροφή της Πέτρας ήταν απόδειξη της δύναμης της αγάπης, της αποφασιστικότητας και της διαρκούς παρουσίας εκείνων που την είχαν διαμορφώσει.

Ωστόσο, το ταξίδι της δεν ήταν χωρίς δοκιμασίες. Από τα θαρραλέα επιτεύγματά της ως νεαρή αθλήτρια μέχρι την άνοδό της ως πρωτοπόρος επιστήμονας, η πορεία της Πέτρας ήταν απόδειξη του ανυποχώρητου πνεύματός της. Η ακλόνητη αφοσίωσή της στην εξάλειψη της βίας τροφοδοτήθηκε από τις συμμαχίες της με συμμάχους όπως η Θώμη, ο αξιωματικός Ιακώβου και ο δήμαρχος Ιωάννης, οι οποίοι στάθηκαν δίπλα της σε ακλόνητη αλληλεγγύη.

Μαζί, είχαν γεννήσει μια νέα εποχή - όπου τα θύματα έβρισκαν καταφύγιο και οι δράστες αντιμετώπισαν τον πέλεκυ της δικαιοσύνης. Αλλά ο δρόμος ήταν ύπουλος, σημαδεμένος από στιγμές σκότους που απειλούσαν να σβήσουν τη φλόγα της ελπίδας που έκαιγε στην καρδιά της Πέτρας. Μέσω της υποστήριξης των συμμάχων της, είχε βγει από αυτές τις σκιές πιο δυνατή, με την αποφασιστικότητά της αδιάσπαστη.

Τώρα, στεκούμενη στο σταυροδρόμι του ταξιδιού της, η καρδιά της Πέτρας χτυπούσε σε σταθερούς ρυθμούς με την διαθήκη που είχε δημιουργήσει. Δίπλα της στέκονταν οι κόρες της, ζωντανές ενσαρκώσεις της αποφασιστικότητας και της δύναμής της. Μαζί, ξεκίνησαν για να επισκεφτούν το ήρεμο νεκροταφείο, έναν τόπο μνήμης και ευλάβειας.

Τοποθέτησαν λουλούδια στους τάφους του πατέρα και της γιαγιάς της, μια βαθιά σιωπή τους τύλιξε – μια σιωπή που απηχούσε τις θυσίες που έγιναν, τις μάχες που δόθηκαν και τις διαρκής αξίες που είχαν σφυρηλατήσει. Με τις κόρες της στο πλευρό της, η Πέτρα ψιθύρισε λόγια ευγνωμοσύνης στον άνεμο, με τη φωνή της να μεταφέρει ένα μήνυμα που ξεπερνούσε τον χρόνο και τον χώρο. «Με καθοδήγησες, οχύρωσες το πνεύμα μου και χάραξες το μονοπάτι που με οδήγησε εδώ», μουρμούρισε, με μια αίσθηση ευλάβειας υφασμένη στα λόγια της. «Ενώ το ταξίδι μου μπορεί να συνάντησε το σκοτάδι, αναδύθηκα με ένα φως που θα καθοδηγεί για πάντα τους άλλους στις δικές τους δοκιμασίες».

Στην αγκαλιά αυτού του ιερού τόπου, η Πέτρα βρήκε παρηγοριά γνωρίζοντας ότι το ταξίδι της δεν είχε τελειώσει. Ο κόσμος που είχε αναδιαμορφώσει στάθηκε ως απόδειξη της πεποίθησης της, του οράματος της και της ισχύος της ενότητας. Ατένισε το μέλλον, η καρδιά της φούσκωσε από ελπίδα – μια ελπίδα ότι οι κόρες της και οι επόμενες γενιές θα συνέχιζαν να κουβαλούν τη δάδα, φωτίζοντας το μονοπάτι για τους άλλους να βρουν δύναμη, θεραπεία και μεταμόρφωση.

ΑΝΤΙΘΕΤΑ ΣΤΟ ΡΕΥΜΑ

Πάραυτα, η Πέτρα αναγνώρισε ότι τα επιτεύγματά της στηρίζονταν σε ένα εύθραυστο νήμα του πεπρωμένου. Αν και ήταν η σταγόνα που είχε κυματίσει στα νερά της αλλαγής, ήξερε ότι μια συλλογική προσπάθεια ήταν απαραίτητη για να δημιουργηθεί ένα τσουνάμι μεταμόρφωσης. Τα επιτεύγματά της ήταν η αρχή, όχι το τέλος. Το μερίδιο που είχε σφυρηλατήσει ήταν ένα θεμέλιο πάνω στο οποίο θα μπορούσαν να χτίσουν άλλοι, με κάθε σταγόνα να προσθέτει στο κύμα της αλλαγής.

Τα αστέρια αναδύθηκαν για να αστράψουν στον νυχτερινό ουρανό, η Πέτρα ένιωθε ένα συντριπτικό αίσθημα ευθύνης - μια ευθύνη να προστατεύσει την πρόοδο που είχε πρωτοστατήσει, να καλλιεργήσει τις συμμαχίες που είχε σφυρηλατήσει και να συνεχίσει τη σταυροφορία κατά της βίας. Με τις κόρες της στο πλευρό της και τους συμμάχους της να στέκονται δυναμικά δίπλα της, το ταξίδι της Πέτρας είχε γίνει φάρος—ένα φως καθοδήγησης που φώτιζε το δρόμο προς τα εμπρός.

Το ταξίδι της ήταν μια υπενθύμιση ότι η αλήθεια ενός ατόμου θα μπορούσε να δημιουργήσει κυματισμούς που ξεπερνούσαν τον χρόνο, μια κληρονομιά που θα ενέπνεε τις επόμενες γενιές. Η Πέτρα ήξερε ότι κολυμπάει αντίθετα στο ρεύμα όμως δεν θα σταματούσε γιατί ήξερε ότι στο τέλος θα έφτανε η ψυχή της στην ακτή και θα συναντούσε και πάλι τον πατέρα της σε εκείνη την παραλία που μαζί αγκαλιά κοιτούσαν τον ήλιο να δύει. Και έτσι, η ιστορία της Πέτρας —ένα κορίτσι που γεννήθηκε με εύθραυστη καρδιά— τελείωσε, αφήνοντας στο πέρασμά της μια διαδοχή φωτός, μια ενσάρκωση θάρρους και μια ακλόνητη πίστη στις απεριόριστες δυνατότητες του ανθρώπινου πνεύματος.

Don't miss out!

Visit the website below and you can sign up to receive emails whenever Νανά Εσκίογλου publishes a new book. There's no charge and no obligation.

https://books2read.com/r/B-A-GBZZ-AKXMC

BOOKS2READ

Connecting independent readers to independent writers.

About the Author

Η Νανά Εσκίογλου είναι μία εξαιρετική επιστήμονας και αφοσιωμένη υπερασπίστρια της κοινωνικής δικαιοσύνης. Το βιβλίο της αποτελεί φάρο ελπίδας και ενδυνάμωσης, εμπνευσμένο από την αδιάκοπη δέσμευσή της ηρωίδας για αλλαγή. Εμπνεόμενη από την επιστημονική της εμπειρία και τη βαθιά δέσμευσή της στην κοινωνική αλλαγή, προσφέρει ένα δυναμικό κάλεσμα στη δράση.

www.ingramcontent.com/pod-product-compliance
Lightning Source LLC
Chambersburg PA
CBHW061336120726
48001CB00002B/885